Mil histórias
sem fim

Obras do autor

A caixa do futuro

A história da onça que queria acordar cedo

A pequenina luz azul

Amor de beduíno

Aventuras do rei Baribê

Céu de Alá

Lendas do bom rabi

Lendas do céu e da terra

Lendas do deserto

Lendas do oásis

Lendas do povo de Deus

Maktub!

Matemática divertida e curiosa (Prof. Júlio César de Mello e Souza)

Meu anel de sete pedras

Mil histórias sem fim (2 volumes)

Minha vida querida

Novas lendas orientais

O homem que calculava

O livro de Aladim

O rabi e o cocheiro

O tesouro de Bresa

Os melhores contos

Os sonhos do lenhador

Salim, o mágico

Malba Tahan

Mil histórias sem fim

Ilustrações de Rafael Nobre

25ª edição

EDITORA RECORD
RIO DE JANEIRO • SÃO PAULO
2023

CIP-BRASIL. CATALOGAÇÃO-NA-FONTE
SINDICATO NACIONAL DOS EDITORES DE LIVROS, RJ

T136m
25ª ed.
Tahan, Malba, 1895-1974
Mil histórias sem fim / Malba Tahan. – 25ª ed. - Rio de Janeiro: Record, 2023.

ISBN 978-85-01-09527-5

1. Conto brasileiro. I. Título.

11-4437
CDD: 869.93
CDU: 821.134.3(81)-3

Copyright © Herdeiros de Malba Tahan

Projetos de miolo e capa elaborados a partir de projeto original de Ana Sofia Mariz

Texto revisado segundo o novo Acordo Ortográfico da Língua Portuguesa

Direitos exclusivos desta edição reservados pela
EDITORA RECORD LTDA.
Rua Argentina 171 – 20921-380 – Rio de Janeiro, RJ – Tel.: (21) 2585-2000
Impresso no Brasil

ISBN 978-85-01-09527-5

Seja um leitor preferencial Record.
Cadastre-se em www.record.com.br
e receba informações sobre nossos
lançamentos e nossas promoções.

Atendimento e venda direta ao leitor:
sac@record.com.br

Sumário

As mil histórias sem fim (prefácio de Humberto de Campos) ... 9

Avatar (Olavo Bilac) ... 21

1ª NARRATIVA — História singular de dois reis amigos e das tristes consequências de uma aposta extravagante entre eles firmada ... 25

2ª NARRATIVA — Continuação da história dos dois reis amigos e do "Jovem Silencioso" que não sabia contar episódio algum de sua vida. Como surgiu um sábio rabi e o misterioso caso que depois ocorreu ... 33

3ª NARRATIVA — Imedin Tahir Ben-Zalan conta sua vida e suas aventuras ... 40

4ª NARRATIVA — Continuação das aventuras de Imedin. O caso da palavra caucasiana que um filólogo de grande fama traduziu e explicou ... 50

5ª NARRATIVA — História de um rei da Índia que tinha três ministros e do caso espantoso que ao rei contou o terceiro-vizir para livrar-se do perigo que o ameaçava   58

6ª NARRATIVA — História de um rei do Kafiristã que fez erguer três estátuas e de um beduíno astucioso que ficou desesperado. Que fez o beduíno para despertar viva curiosidade no espírito do rei   64

7ª NARRATIVA — História de um povo triste e de um rei que se viu ameaçado por uma terrível profecia. Neste capítulo vamos encontrar um rei que só criou juízo no dia em que resolveu enlouquecer   70

8ª NARRATIVA — História surpreendente do infeliz Balchuf, que deixou o trono, a título de experiência, nas mãos de um príncipe louco   80

9ª NARRATIVA — História singular de um turbante cinzento e a estranha aventura de um enforcado. O encontro inesperado que teve o herói do conto com uma jovem que chorava no meio de uma grande floresta   88

10ª NARRATIVA — História da filha mais moça do rei Ikamor, apelidada "A Noiva de Mafoma"   95

11ª NARRATIVA — Lenda dos peixes vermelhos — contada, nos jardins de Candahar, pelo astrólogo do rei à "Noiva de Mafoma"   100

12ª NARRATIVA — Continuação da história da filha mais moça do rei Ikamor, apelidada "A Noiva de Mafoma". Como as esposas do rei planejaram a morte do homem que as vigiava e o que depois sucedeu ... 103

13ª NARRATIVA — História de um rei e de um poeta que gostava da filha do rei ... 107

14ª NARRATIVA — Singular episódio ocorrido em Bagdá. Estranho proceder de um xeque que adquire um jarro riquíssimo para espatifá-lo logo em seguida ... 115

15ª NARRATIVA — História de um "Contador de Histórias". Como um jovem, sentindo-se atrapalhado, põe em prática os ensinamentos contidos num provérbio hindu! ... 120

16ª NARRATIVA — História de dois infelizes condenados que são salvos de modo imprevisto, no momento em que irão morrer. Por causa da sentença de um sultão encontramos, com surpresa, um famoso narrador de histórias ... 124

17ª NARRATIVA — História de um rei que tinha a cara muito engraçada. Que fez o rei para evitar que a sua presença causasse hilaridade ... 128

18ª NARRATIVA — História de um rei que detestava os ociosos. Na qual esse rei encontra três forasteiros, sendo o primeiro um persa que exercia curiosa e estranha profissão ... 133

19ª NARRATIVA — História de um empalhador de elefantes que embriagava pavões para combater as serpentes   138

20ª NARRATIVA — História de um homem que afinava cigarras. Um conselho simples que esse homem recebeu de um mendigo de Medina   142

21ª NARRATIVA — Singular aventura do escriba Ali Durrani. O caso do troco recusado   146

22ª NARRATIVA — O terceiro-vizir faz a um mendigo uma indigna proposta. Vamos encontrar um velho tecelão que advoga uma causa perdida   149

23ª NARRATIVA — Um jovem de Bagdá recusa uma caravana carregada de preciosas mercadorias. Um rajá intervém no caso   152

24ª NARRATIVA — História da "Bolsa Encantada" e das aventuras que depois ocorreram   158

25ª NARRATIVA — Continuação da história da "Bolsa Encantada". Na qual um mendigo compra a liberdade de vários escravos cristãos   166

Nota   175

As mil histórias sem fim

HUMBERTO DE CAMPOS

I

Os povos, como os indivíduos, têm na infância predileções pelas histórias imaginosas e movimentadas. Por isso mesmo, essa predileção constitui o alicerce de todas as literaturas. Homero é a pedra angular da literatura grega. As literaturas modernas assentam, todas, em poemas épicos e ingênuos de fundo medieval. Enquanto, porém, no Ocidente, esse gênero literário assinala apenas um ponto de partida, um povo, as gentes de língua e raça árabe, levantaram com ele o mais alto e vistoso dos seus monumentos. Debalde poetas como El-Antari e Ibn-Fared; historiadores como Tabari e Abul-Feda; geógrafos como Ibn-Djobeir e Bekri; eruditos como Kalil e Ibn-Doraid meditaram, estudaram e escreveram, produzindo poemas e tratados de largo fôlego, expressão de um alto mérito intelectual; o que ficou, espantando o mundo e vencendo os séculos pela opulência da imaginação e pela harmonia da feitura, foi uma obra anônima, uma coletânea folclórica de riqueza incomparável, captada diretamente na memória laboriosa do povo. O Homero desta "Odisseia" tem o nome que Ulisses deu a Polifemo na sua furna das vizinhanças do Etna. Chama-se "Ninguém".

Poder-se-ia, talvez, atribuir esse fato a um fenômeno de ordem política, à paralisação, ou interrupção, da evolução do povo árabe em hora matutina da sua história após a Héjira. Preenchendo o intervalo da civilização entre a queda do mundo romano e a Renascença, mas começando tarde e terminando cedo, o gênio árabe descrevia — poder-se-ia dizer — a mesma trajetória que haviam realizado o gênio grego e o gênio latino, e realizariam mais tarde os povos ocidentais, quando o desmoronamento do seu Império o deteve em plena ascensão. A verdade, porém, é que a obra que ele deixou corresponde, integralmente, às aspirações da alma nacional.

A característica principal da alma asiática está, em verdade, na sua capacidade de renúncia à realidade, na sua tendência permanente para o sonho, no predomínio, em suma, da imaginação. E nenhum povo no Oriente, exceção do chinês, que vai até a eliminação da personalidade, é mais meditativo que o árabe. Isso, mais do que as circunstâncias históricas, contribuiu para que ele fizesse do conto fantástico a sua fórmula literária preferida. E como os contos são leves, e as viagens eram longas, adotaram eles as histórias infindáveis como as travessias surpreendentes como o deserto, as narrativas, compondo assim coletâneas opulentas, equivalentes pela novidade e frescura das criações às grandes obras da literatura do Ocidente.

Não obstante o esforço tenaz de Mustafá-Kemal, na Turquia, e de alguns prepostos europeus, simuladamente nacionalistas, que exercem a ditadura nos países de gênio ou de língua árabe, para isolar da velha Ásia tradicional a região que vai da fronteira oriental da Pérsia aos Dardanelos e ao canal de Suez, o narrador de histórias sobrevive, e é ainda uma das manifestações mais resistentes e características de uma civilização amável que se procura destruir. Antes da revolução que vem sublevando a Ásia e que subdividiu o antigo império otomano, não havia aldeia que não possuísse o seu contador de lendas, que correspondia aos nossos cantadores sertanejos, com a diferença, apenas, de ter aquele um campo mais vasto, consubstanciado numa tradição mais rica, de gosto mais puro. Cidades havia em que esses rapsodos se reuniam, formando associações de classe, nas quais eram contratados para festas e estabelecimentos de diversões. Cairo, Damasco, Ismirna, Constantinopla possuíam corporações desse gênero, dirigidas por um deles, de maior autoridade, o qual tinha o título de xeque-elmedah, que significa "chefe dos contadores de histórias". É um espetáculo curioso — escrevia Hammer, há oitenta anos —, é um espetáculo curioso acompanhar as impressões que as histórias produzem na alma ardente e apaixonada dos árabes... Conforme a palavra credenciada do narrador, os ouvintes se agitam ou se acalmam. À cólera violenta sucedem os sentimentos mais ternos; os risos estridentes são seguidos, não raro, de prantos e lamentações. Se o herói de um conto é ameaçado de perigo iminente, os ouvintes exclamam em coro: "La, la, la. estagfer Allah!" ("Não, não, não, Deus não consentirá!") Quando um bandido dissimulado ou um amigo desleal prepara uma das suas ciladas, surgem logo, de todos os lados, as imprecações: "Que Cheitã (o Demônio) castigue o traidor!" Se o herói do conto é um bravo e tomba em combate, seguem-se as expressões com que são homenageados os mortos: "Que Deus o receba na Sua misericórdia! Que Deus o tenha em paz!" E se o narrador fala de uma mulher formosa, o auditório exalta-se, como se a tivesse diante dos olhos: "Glória a Deus que criou a Mulher! Exaltado seja o Altíssimo que criou a Beleza e a Mulher!"

Já no século XX, Mardrus, francês de Constantinopla, que se criara entre árabes, externava essa mesma impressão: "Todo artista que viajou o Oriente", escreveu este, no seu estilo das *Mil e uma Noites*, "todo artista que viajou o Oriente e tomou lugar nos bancos calados dos adoráveis cafés populares das verdadeiras cidades muçulmanas e árabes: no velho Cairo, de ruas cheias de sombras e permanentemente frescas, em Damasco, em Sana do Iêmen, em Bagdá ou Mascate; todo aquele que dormiu na esteira imaculada do beduíno da Palmira, ou partiu o pão e saboreou o sal fraternalmente na solidão gloriosa do deserto, com Ibn-Rachid, o suntuoso, tipo inconfundível do árabe autêntico ou, ainda, se deteve a estudar uma palestra de simplicidade antiga do puro descendente do Profeta, o xerife Hussein-Ali-ben-Aun, emir de Meca, pôde notar, com certeza, a expressão das pitorescas fisionomias reunidas. Um sentimento único domina toda a assistência; uma hilaridade louca. Ela flameja com vitais estalidos ante as descrições do narrador público que no centro do café ou da praça gesticula, move-se, passeia ou brinca, para dar maior expressão à narrativa no meio dos espectadores risonhos... E apodera-se de vós outros a geral embriaguez suscitada pelas palavras ou pelos sons imitativos, e vos sentis como se fôsseis navegantes aéreos na frescura da noite..." E Mardrus concluiu: "O árabe não é mais do que um instintivo apurado, esquisito. Ama a linha pura e a adivinha com a sua imaginação, quando irreal. E sonha..."

O árabe vive, assim, a vida da sua imaginação. Para ele, os heróis das suas narrativas são reais e palpáveis. E essa facilidade em confundir a realidade com a concepção dos sentidos é que explica o surto prodigioso do islamismo no dia em que um homem, aproveitando o poder sincrético dessas imaginações ardentes, as pôs em ação para levar a efeito uma formidável obra religiosa e política.

II

As histórias em séries, isto é, os contos que terminam com a "deixa" para outro e que formam, assim, uma interessante cadeia de narrativas variadas e unidas, constituem o mais rico e duradouro patrimônio das literaturas orientais. *As Mil e uma Noites*, que se intitulam no original *Kitab elf leila wa leila*, não são mais do que uma vaga de um oceano largo, a folha de uma árvore que os ventos da Arábia lançaram às terras do Ocidente. Investigações feitas no século XIX deixaram evidente que essa coletânea, revelada à Europa, inicialmente, em 1708, por Antoine Galland, secundado, em diversas épocas, por Petit de Le Croix Caussin de Perseval, Edouard Gaultier e Mardrus, na França; por Payne, Burton e Lane, na Inglaterra; e por Habiche, Fleischer e Zotemberg, na Alemanha, não é mais do que um pequeno ramalhete de histórias trazidas pelas caravanas árabes da China, da Índia e da Pérsia, no século X, e que foi avolumado com as criações da imaginação nativa e com os episódios históricos desfigurados e enfeitados pelo tempo. Muitas dessas histórias provieram, todavia, já de outras coleções, assim como outras coleções se abasteceram, mais tarde, nas *Kitab elf leila wa leila*.

A liberdade de compilações e o acolhimento que tinham os povos em todo o Oriente, especialmente entre os povos de língua e origem "arábica, eram motivos para multiplicação e desenvolvimento dessas coletâneas. Na opinião de Massudi, que viveu no século XI e foi um dos escritores mais viajados do seu tempo, *As Mil e uma Noites* foram tiradas das *Hezar Afsaneh* (Mil Histórias). Esta última obra, segundo se afere de uma referência que a ela faz Ferduzzi no prefácio do *Schanameh* (Livro dos Reis), é atribuída a um poeta persa, Rasti, que teria vivido na segunda metade do século X. Massudi tem realmente razão. Scherazade e Dinazade estão com os seus nomes persas nas *Hezar Afsaneh*. Mas a Pérsia já as recebeu da Índia, segundo concluiu Huart. A convicção a que se chega é, pois, a da origem indiana das *Mil e uma Noites* e o seu enriquecimento gradual, na Pérsia e na Arábia. É sabido que, ainda no século XVIII, os árabes incorporavam contos novos, de assunto contemporâneo, à sua famosa coletânea. As circunstâncias de serem encontradas narrativas iguais em obras do mesmo gênero publicadas um século antes não demonstravam senão a origem comum dessas mesmas histórias, e que os colecionadores se haviam abastecido na mesma fonte, que é a imaginação ou a memória do povo.

Obedecem a esse mesmo espírito formando conjuntos de histórias seriadas, o "Tutinameh" ("Contos de um Papagaio"), o "Dsa-Kaumara-Tcharita" ("Trinta e Dois Contos de Trono"), os "Contos de Nang-tantrai" e as "Fábulas de Kalliba e Dinna", coligidas umas na Índia, outras na Pérsia, mas tendo, todas, repercussão na Arábia. Convém citar, entretanto, mais particularmente, as "Fábulas de Bidpai", "Panchatantra" e as "Fábulas de Locman", em que se acham algumas que são simples modalidades de contos das *Mil e uma Noites*. Outras dessas fábulas já se encontram em Esopo e serão encontradas, mais tarde, em La Fontaine.

Merecem referência, ainda, o "Katha–Sacrit–Sagara" ("Oceano Infindável dos Contos") e a coleção mais conhecida por "Mil e um Dias" ("Hearick–Rouz"). A primeira destas obras data, segundo se supõe, da primeira metade do século XI, entre os anos de 1059 e 1071. O autor dessa compilação, o brâmane Samodeva, confessa que a fez para distrair a avó de Acha-Dina, rei da Caxemira. Servida de coração piedoso, mansa de maneiras, amiga dos brâmanes, devota de Siva e dedicada esposa, essa veneranda senhora precisava de distrações honestas e tranquilas. Daí o trabalho que ele, Samodeva, realizou naquele longínquo século XI, e que chegou vitoriosamente ao nosso. Os "Mil e um Dias" datam, porém, do século XVIII. São atribuídos a um dervixe de Ispahan. A divisão a que hoje obedece é, no entanto, obra de ocidentais. Há, ainda, a assinalar a "Hipopadexa" ("Instrução Útil"), coleção de fábulas, apóstolos e contos morais da Índia, que se acredita organizada no século XII, mas que já é, por seu turno, uma imitação ou, antes, um resumo do "Panchatantra" de Bidpai. O "Panchatantra é, aliás, o mais opulento manancial de fábulas e apólogos da antiguidade, II ou III século da nossa era, sendo que alguns desses apólogos — acentua Georges Frilley — serviram de modelo aos fabulistas de todos os tempos e de todos os países.

As Mil e uma Noites foram literariamente conhecidas no Ocidente, dissemo-lo, já no primeiro decênio do século XVIII. Mas a sua influência, ou a das coleções do seu gênero, já se havia feito sentir muito antes. Que são, na verdade, o "Decameron", de Boccacio, as "Trecento Novelle", de Franco Sacchetti, o "Peccorone", de Giovanni Fiorentino, e o "Heptameron", de Margarida de Navarra, senão contos concatenados, como os das coletâneas do Oriente? A Itália, com os seus navegantes genoveses e venezianos, foi a primeira, naturalmente, a conhecer na Europa esse tesouro da imaginação asiática. Pode-se, ainda, encontrar aquela influência em épocas mais recentes em Hurtado de Mendoza, em Lesage e mesmo em Dickens e em alguns escritores ingleses que lhe foram contemporâneos. Estes, como se sabe, costumavam intercalar nos seus romances pequenos contos decorativos mais ou menos ligados ao assunto central, conforme se vê, por exemplo, no "Pickwick". Quanto às imitações, ou melhor, às mistificações, estas proliferam, conforme o gosto e os costumes do tempo. Enquanto Barthelémy inventava a "Viagem do Jovem Anacharsis na Grécia" (1797), Macpherson caluniava Ossian com os "Contos Gaélicos" (1760) e o abade Desfontaines contrafazia Swift, escrevendo o "Novo Guliver" (1741), Guilette publicava os "Mil e um Quartos de Hora", contos tártaros; as "Aventuras Maravilhosas do Mandarim Fum-Hoan", contos chineses; e "As Sultanas de Guzarat", contos mongóis, aproveitando para isso os assuntos das "Noites Alegres", de Straparola de Caravage, novelista italiano do século XV. Datam, também, da mesma época, os "Novos Contos Orientais", de Cylus, e "As Aventuras de Abdalah, Filho de Hanif", do abade Bignon.

O gênero literário que fez a glória das letras árabes, e que foi o melhor instrumento da divulgação do gênio da raça, é, assim, uma árvore que tem o seu tronco no Oriente, mas cujas folhas são lançadas, hoje, a todos os ventos da terra.

III

Ao Sr. Malba Tahan — cujo nome é, atualmente, um dos mais vulgarizados e discutidos das nossas letras, e cujos contos, espalhados por todo o Brasil e admirados em todo ele, são transcritos literalmente em toda a imprensa de língua portuguesa e traduzidos em outras deste continente e da Europa — cabe a glória de haver sido, entre nós e, creio mesmo, na América do Sul, o primeiro escritor de gênio árabe. A sua obra, iniciada em 1925, com a publicação dos *Contos*, conquistou, de pronto, a mais vasta popularidade. *Céu de Alá*, *Amor de Beduíno* e *Lendas do Deserto* completaram a sua personalidade de prosador oriental, definindo-a e incorporando-a, com relevo notável, ao que se podia chamar a "Legião Estrangeira" dos narradores árabes espalhados hoje pelo mundo.

A formação oriental do espírito geograficamente brasileiro do Sr. Malba Tahan podia ser objeto, evidentemente, de uma pesquisa de Freud. Trata-se, civilmente, de um homem que nasceu no Brasil, de um engenheiro com o seu título científico brilhantemente conquistado em nossa Escola Politécnica, membro de antiga e ilustre família brasileira. Entretanto, o Sr. Malba Tahan tem uma figura de árabe; surgiu para as letras tendo no pensamento os desertos, as tamareiras, as tendas estremecendo ao vento, sacudidas pelas tempestades de areia. E quando abandona as terras bárbaras e familiares do seu sonho, é para consagrar-se na vida prática ao estudo e ao ensino das matemáticas, que constituem, como se sabe, uma ciência árabe, ou, pelo menos, que o árabe tomou como sua. Quantos séculos terão dormido no sangue deste legítimo descendente de portugueses os hormônios da sua longínqua procedência semita? Por que só agora, ao fim de tantas gerações brasileiras do mesmo ramo lusitano, surgiu, para a atividade da inteligência, este mouro que os árabes deixaram na península Ibérica, e que de repente acorda como a princesa adormecida no bosque, ou como aquele monge que escutava o pássaro encantado, com as mesmas tendências de espírito, como se tivesse chegado ontem de Basra ou de Bagdá?

A esse árabe do Brasil estava destinada, todavia, a realização de um dos maiores empreendimentos das literaturas orientais porventura tentados fora do Oriente. É propósito seu dotar as nossas letras brasileiras e, ao mesmo tempo, as letras árabes, com uma coletânea no gênero das "Mil Histórias", e que terá a denominação de *Mil histórias sem fim*. Serão contos de inspiração oriental, ligados entre si, mas constituindo, como naquelas grandes coleções do Oriente, narrações isoladas pelo assunto. Serão, diria um árabe, como um soberbo colar de mil pérolas, mas usadas cada uma separadamente. Serão, finalmente, uma grande joia formada por um milheiro de joias miúdas.

Esse pensamento contém o programa para toda uma vida, inicia-se agora o autor, com a polimorfia do seu talento, e o gosto, e a altura, e a febre de espírito, e o entusiasmo festivo, e a imaginação viva, com os atributos, em suma, que se requerem para empresa tão pesada e tão longa. Levá-la-á ele a termo? Não esmorecerá em caminho? Descerá este peregrino do seu camelo antes de divisar no horizonte os santos minaretes de Meca?

Ninguém pergunta à caravana qual será o seu roteiro no areal. O deserto, como o oceano, tem rumo mas não tem estradas. E eu, vendo partir este beduíno atrevido e cheio de fé, e sabendo que já não estarei vivo quando ele voltar, mas certo de que fará vitoriosamente a travessia — eu, pondo as mãos trêmulas sobre a sua cabeça turbilhonante de sonho, limito-me a como um xeque quase cego que já não vê o fogo diante da própria tenda dar-lhe a voz de partida, lançando-lhe a bênção patriarcal em nome da nossa tribo:

— Alá te conduza, filho do deserto! E que as fontes dos oásis deem água límpida para a tua sede e, à tua chegada, abram no alto, para o teu repouso, um verde teto de folha e estendam, no chão, para o teu sono, um fresco tapete de sombras.

Avatar

OLAVO BILAC

Numa vida anterior, fui um "xeque" macilento
E pobre... Eu galopava, o albornoz solto ao vento.
Na soalheira candente; e, herói da vida obscura,
Possuía tudo: o espaço, um cavalo e a bravura.

Entre o deserto hostil e o ingrato firmamento,
Sem abrigo, sem paz no coração violento.
Eu namorava, em minha altiva desventura,
As areias na terra e as estrelas na altura.

Às vezes, triste e só, cheio do meu desgosto,
Eu castigava a mão contra o meu próprio rosto,
E contra a minha sombra erguia a lança em riste.

Mas o simum do orgulho esfumava o meu peito
E eu galopava, livre, e voava, satisfeito
Da força de ser só, da glória de ser triste!

Em nome de Alá, Clemente e Misericordioso

Na página seguinte (se Alá quiser!) vão ter início as prodigiosas lendas que constituem o livro das *Mil Histórias sem Fim*.

Recordai, irmão dos árabes!, antes de ser iniciada a leitura da primeira linha, recordai, inspirado pela vossa cativante generosidade, os versos famosos do poeta:

A pérola, que é uma das coisas mais preciosas deste mundo, nada perde em seu valor por causa da condição vil do pescador.

E mais:

Tudo, exceto Deus, é perecível e efêmero; a verdadeira perfeição só existe em Deus!

Lembrai-vos, portanto, meu amigo, que eu nada sou, nada tenho, nada posso e nada pretendo.

Allah badick, ya sidi! (Alá vos conduza, senhor!)

MALBA TAHAN
Bagdá, 5 da Lua de Moharrã de 1309.

1ª Narrativa

*História singular de dois reis amigos e das
tristes consequências de uma aposta
extravagante entre eles firmada.
Das Mil histórias sem fim é esta a primeira!
Lida a primeira restam, apenas, novecentas
e noventa e nove...*

Estava escrito que o generoso Soleiman, rei de Bássora, e o grande Ismail, rei de Kabul, seriam amigos inseparáveis apesar da diversidade completa de gênio e caráter que os deveria desunir.

Soleiman, apelidado pelos árabes *Al-Adl* (o Justo), era um dos monarcas mais bondosos e tolerantes que hão reinado. Preocupava-se exclusivamente em socorrer os infelizes e distribuir justiça entre os seus súditos. Incapaz de praticar violência ou ato de tirania, o rei Soleiman chegava muitas vezes a adoecer quando, pela força das circunstâncias, era obrigado a assinar uma sentença de morte.

Exatamente o contrário era o rei Ismail, que sempre se mostrava impiedoso e perverso. Sua preocupação constante era inventar castigos, perseguir os humildes e guerrear as tribos fracas e inofensivas. O rei Ismail (Alá se compadeça dele!) jamais praticou um ato de clemência ou generosidade!

Não impedia o antagonismo de gênios que esses dois monarcas se ligassem pelos laços da mais pura amizade. Frequentemente o rei Ismail deixava o seu palácio de Kabul e vinha com grande caravana, através da Pérsia, em visita ao seu amigo dileto Soleiman, ao lado de quem se deixava ficar muitos meses esquecido de seu povo e de seu trono.

Um dia achavam-se os dois em amistosa palestra quando o rei Soleiman — que não perdia oportunidade para exaltar as boas qualidades de seu povo — contou ao rei Ismail que os árabes eram muito imaginosos para engendrar histórias. Qualquer pessoa — do mais sórdido mendigo ao mais rico vizir — sabia narrar lendas e contos maravilhosos que prendiam a atenção dos espíritos mais avessos a este gênero de devaneio.

— Não acredito — contraveio o rei Ismail. — Há de perdoar, mas não creio que os seus súditos possuam imaginação tão fecunda e brilhante!

— Pois eu insisto no que afirmo — retornou o rei Soleiman. — E se quiserem uma prova do que assevero, nada mais simples: da varanda deste palácio chamarás um homem qualquer que passe ao alcance do teu apelo. Veremos se ele, seja quem for, não será capaz de narrar-vos uma história interessante, digna de ser ouvida pelos mais altos cultos e exigentes!

— Aceito a proposta — acudiu, em tom sombrio, o soberano de Kabul. — Exijo, porém, uma condição: se o súdito chamado não souber contar-nos uma história ou uma anedota qualquer, será degolado, aqui mesmo, em presença de todos nós.

Depois de meditar um momento, respondeu o bondoso rei Soleiman:

— Concordo plenamente com a exigência. Quero porém uma compensação: se a pessoa aqui trazida deliciar-nos com uma narrativa interessante e atraente, receberá por tua ordem, do tesouro de Kabul, uma recompensa de dois mil sequins de ouro!

— Declaro que aceito a aposta não obstante a condição — assentiu o rei Ismail. — Se o árabe, o que é pouco provável, distrair-nos com uma história digna de ser ouvida por uma pessoa nobre e culta, receberá de mim o valioso prêmio que acabas de estipular! Palavra de rei. — E acrescentou enérgico: — Não dispensarei, entretanto, a punição tremenda se alguém nela incorrer, confessando-se incapaz de narrar a história pedida!

Os nobres que se achavam no salão, informados da singular aposta dos dois soberanos, ficaram grandemente interessados em ver-lhe o desfecho.

A fim de que fosse feita a escolha do herói anônimo que desempenharia, no caso, o papel mais importante, os dois monarcas aproximaram-se da larga varanda do palácio e começaram a observar os populares que caminhavam pelas ruas despreocupadamente.

A atenção do rei Ismail foi despertada por um árabe que se dirigia apressado, de cabeça baixa, em direção do Eufrates.

— Quero ouvir aquele que ali vai! — declarou o rei Ismail.
— Que o tragam já à nossa presença.

Transmitida a ordem a um dos oficiais do palácio, o transeunte foi imediatamente levado ao palácio real e conduzido à presença dos soberanos.

O desconhecido que por infelicidade atraíra a atenção do perverso rei de Kabul era um muçulmano[1] de vinte anos talvez. A fisionomia serena, o olhar suave e terno refletiam nitidamente o homem bom e leal. Vestia-se com apurado gosto e a maneira delicada e respeitosa como saudou os soberanos e os nobres maometanos denotava pessoa de fino trato e, certamente, de elevada posição social.

— Jovem muçulmano! — começou o rei Soleiman. — Pedi que viesses à minha presença porque preciso do teu precioso auxílio para vencer uma aposta, aliás simples, que acabo de fazer com o meu amigo, aqui presente, Ismail, rei de Kabul. Vais ser submetido a uma prova, e tamanha é a certeza de que te sairás dela com garbo, que não tive dúvidas em aceitar a proposta do meu antagonista. As condições impostas são estas: se contares aqui, diante de todos nós, uma história interessante e atraente, receberás dois mil sequins de ouro; se a tua narrativa não for de nosso agrado nada receberás e voltarás como vieste; se, finalmente, por uma fatalidade, e nisso eu não acredito, não souberes contar-nos história alguma, serás, por ordem do rei Ismail, degolado imediatamente.

---

[1]Muçulmano — nome derivado de *mauslim*, "aquele que se resigna à vontade de Deus". Os muçulmanos são os que seguem a religião do Islã, fundada por Mafoma em 672. O islamismo apresenta cerca de 240 milhões de adeptos, isto é, 14% da população total do globo. *Islã*, forma derivada do verbo *as lamas,* significa confiar cegamente, resignar-se. O substantivo *Islã* designa igualmente o conjunto de países muçulmanos.

Fez-se no grande salão do palácio de Bássora profundo silêncio. Reis e nobres tinham os olhares voltados para o jovem que parecia encarar a situação com calma e coragem.

— Vamos — ordenou em tom amistoso o rei Soleiman. — Podes começar a tua narrativa. Estamos ansiosos por ouvir a encantadora história que nos vais narrar para conquista do prêmio e vitória de minha aposta.

— Rei generoso! — respondeu o moço. — Que Alá vos conserve feliz até o fim dos séculos. Peço-vos perdão, mas não posso atender ao vosso pedido! — E, diante do pasmo geral dos ouvintes, acrescentou: — Sinto-me forçado a confessar que não me lembro de história alguma digna de ser narrada a tão seleto auditório.

O rei Soleiman, ao ouvir a inesperada resposta, pôs-se pálido de espanto. O bondoso monarca não podia esperar num jovem, que parecia educado e culto, tão completa ausência de um bem comum aos árabes de qualquer classe social.

O rei Ismail sorriu satisfeito diante da infelicidade do moço.

— Pensa melhor, meu rapaz — aconselhou o rei Soleiman. — Não te constranja o falares diante dos que aqui estão. Nem te quero mal e desejo que te saias bem desta prova que nada tem de penosa para um filho do Islã. Se não te lembras de uma história conta-nos um caso qualquer ocorrido com algum amigo teu, um incidente digno de nota, ou mesmo uma anedota, por mais breve que seja, para te desembaraçares do aperto em que, sem querer, te pus.

— *Attal Allah unnak ia maulayi!* (Que Alá prolongue a tua vida, ó rei!) — respondeu o rapaz. — Peço-vos humildemente perdão, ó emir! Eu não sei de caso algum ocorrido com amigo meu, nem conheço a mais simples e banal anedota!

— Narra-nos, então, um episódio qualquer de tua vida! — volveu o rei Soleiman aflito e já temeroso da sorte do pobre muçulmano.

— Rei afortunado! — retorquiu o jovem, com serenidade e segurança. — Não me vem à mente, no momento, episódio algum da minha vida!

— Não vale a pena insistir, ó Soleiman! — interveio friamente o rei Ismail. — Chama logo o teu carrasco. Perdeste, positivamente, a aposta. — E, num riso cheio de perversidade, acrescentou: — Bem te dizia, vaidoso amigo, que teus súditos não têm as ideias e a imaginação que supunhas! Por tua culpa vai este "jovem silencioso" entregar o pescoço ao alfanje do nosso Massuf.

— Nem tudo está perdido — retorquiu o rei Soleiman. — Vou fazer a última tentativa.

E, voltando-se para o jovem que se conservava de pé em atitude respeitosa, tranquilo e indiferente, assim falou:

— Meu filho! Não quero absolutamente que por um mau capricho do rei de Kabul sofras o castigo de morte! Ficarei penalizadíssimo se for obrigado a cumprir o juramento que fiz! Em desespero de causa faço um último apelo à tua imaginação: conta-nos um caso ou um episódio qualquer, inventado ou não, possível ou inverossímil! — E julgando, talvez, que seu apelo não fosse bem compreendido pelo jovem, ajuntou: — Se, por qualquer motivo, não quiseres fazer a tua narrativa em prosa, poderás, sem o menor receio, usar a linguagem admirável dos poetas — o verso! Darás, se inspiração tiveres, forma poética a uma das lendas ou tradições populares de nosso país. Duplo será o nosso prazer em ouvir-te. Não há, realmente, um árabe inteligente que não se arrebate e não se comova ao se deliciar com um conto aprimorado pelas irresistíveis seduções da poesia. Se estás triste, esquece, por um momento, as tuas tristezas. Escuta o conselho do poeta:

> *As tristezas desta vida*
> *Eu as deixo e abandono:*
> *De dia, por muita lida;*
> *De noite, por muito sono![2]*

— Muito agradeço a vossa bondade e o interesse generoso que mostrais pela minha humilde pessoa! É, entretanto, com profunda mágoa, que me vejo mais uma vez obrigado a declarar que estou completamente deslembrado de qualquer caso ou do mais vago episódio verídico ou fantástico. Cabe-me muito bem o apelido que há pouco o rei Ismail lembrou para mim. Sou, infelizmente, o "Jovem Silencioso".

Compreendendo o rei Soleiman que o moço — ao contrário do que era de se esperar — obstinava-se em não fazer narrativa alguma, muito a contragosto fez com que um dos ulemás[3] da corte lavrasse, segundo determinava a lei, a sentença de morte.

Foi chamado, então, o gigantesco Massuf, carrasco de Bássora, que raras vezes exercia o seu execrando ofício.

---

[2] Esta trova é de Bastos Tigre.
[3] Ulemá — vocábulo derivado do árabe Ulamá, plural de Alem. Significa sábio, douto, erudito. (B. A. B.)

2ª Narrativa

*Continuação da história dos dois reis amigos e do
"Jovem Silencioso" que não sabia contar episódio algum
de sua vida. Como surgiu um sábio rabi e o
caso misterioso que depois ocorreu.
Das Mil histórias sem fim é esta a segunda!
Lida a segunda restam, apenas, novecentas
e noventa e oito...*

Chegado o carrasco, iniciaram-se os preparativos para a execução.

Um dos juízes mais ilustres de Basra leu em voz alta a sentença do rei Soleiman, justificando-a com algumas citações do livro de Alá.[1] Foi ela ouvida por todos os religiosos em silêncio.

O ajudante do carrasco começou, em seguida, a tirar as vestes do condenado, que deveria ficar vestido com um pequeno calção.

Descobriu o algoz que o desditoso jovem trazia ao pescoço, presa por uma corrente de ouro, uma pequena medalha quadrangular. Massuf arrancou-a e foi entregá-la ao rei, que verificou tratar-se de uma curiosa peça com a forma de um losango em que se percebia complicada inscrição em caracteres hebraicos.

— Jovem e desditoso muçulmano! — exclamou pesaroso o rei de Bássora. — Apesar dos esforços que fiz em teu favor, foste condenado. Poucos momentos te restam de vida. Dentro de alguns minutos comparecerás diante d'Aquele que é o Juiz Supremo de todos nós! Quero pedir-te o último favor: Dize-me, ao menos, qual é a origem desta medalha e o que significa a inscrição que ela nos mostra.

— Rei! — volveu o moço com altivez. Não posso infelizmente atender ao vosso pedido! O mesmo motivo que me impediu há pouco de contar uma história ao rei Ismail, impede-me agora de esclarecer a origem dessa medalha!

— Qual é esse motivo? — perguntou o rei Soleiman.

— Um juramento, ó rei! — respondeu o condenado.

— Por Alá — exclamou o soberano de Bássora. — É extraordinário esse caso! Não hesitaste em morrer unicamente

---

[1] Livro de Alá — denominação dada ao Alcorão, livro sagrado dos muçulmanos, composto de 114 capítulos, ou suratas, divididos em versículos. Segundo a crença dos árabes, foi revelado por Deus a Mafoma por intermédio do arcanjo Gabriel. (B. A. B.)

por causa de um juramento? — E, voltando-se para o seu grão-vizir, o rei Soleiman ordenou, sem hesitar: — Determino que seja adiada, por algumas horas, a execução desse condenado! Desejo esclarecer o mistério desta medalha e a razão do juramento que esse jovem não quis violar nem mesmo para salvar a própria vida!

El-Mothano, grão-vizir do rei Soleiman, era homem dotado de agudeza de espírito, grande cultura, e tinha, além disso, invejável prestígio em Bássora.

Consultado pelo rei sobre o caso da medalha, aconselhou ele ao monarca ouvisse, antes de tudo, a opinião de um velho rabino[2] chamado Simão Benaia Benterandim, morador no bairro judeu.

Ordenou o rei Soleiman que o israelita fosse intimado a comparecer imediatamente a sua presença.

Momentos depois, acompanhado de um dos oficiais da corte, dava entrada no grande salão o sábio rabino que o rei de Bássora, com tão grande urgência, queria ouvir.

Rabi Simão, uma das figuras mais conhecidas e estimadas em Bássora, era um homem que bem merecia o respeito, a amizade e o acato de um povo inteiro.

Respeitavam-no os grandes pela sua modéstia, os maus pela integridade de seu caráter, os pobres pela bondade de seu coração. Os seus conselhos eram alívio para os atribulados, incentivo para os fracos, temor para os rebeldes. A sua palavra, onde quer que soasse, determinava o silêncio de todas as vozes, a atenção de todos os ouvidos.

---

[2]Doutor israelita: o que explica a lei sobre os hebreus. (B. A. B.)

Escaveirado, todo acurvado, o andar incerto, os trajes modestos, ele era, sem o querer, um dos vultos de grande prestígio na cidade.

À luz de seu espírito, os mais intrincados problemas tinham imediata e precisa solução. Decifrador emérito dos enigmas da vida, era o homem dos grandes momentos, das grandes angústias.

Ao chegar ao palácio já encontrou repleto o salão de audiências. Todos queriam ouvir e ver o homem de quem dependia a sorte do desafortunado árabe.

— Sei, ó rabi! — começou o rei Soleiman — que és um homem honesto e sábio! Sei também que és um justo e que teus lábios, em caso algum, se abriram para deixar passar uma mentira! A verdade deve ser dita muito embora ela encerre elogio feito a um infiel.[3]

O douto judeu inclinou-se respeitoso, como se quisesse agradecer os elogios que o grande soberano lhe fazia publicamente.

Depois de breve pausa, o monarca prosseguiu:

— Peço-te, ó ilustre filho de Israel!,[4] que me respondas sempre a verdade a todas as perguntas que eu agora te vou fazer!

— Juro por Abraão que só direi a verdade! — respondeu o rabi, estendendo, solene, a mão.

O rei de Basra apontando, então, para o jovem condenado, perguntou ao judeu:

— Conheces este rapaz?

---

[3]Para o rei Ismail o rabi Simão era um infiel. Os muçulmanos dividem os infiéis em três grupos principais: judeus, cristãos e idólatras. (B. A. B.)

[4]Israel — palavra hebraica que significa "forte contra Deus". Sobrenome que, segundo a Bíblia, foi dado a Jacó depois de sua luta com um anjo. (B. A. B.)

— Não o conheço, ó rei! — respondeu o rabi.

— Já o viste casualmente em algum lugar?

— Também não, ó rei! E posso garantir a Vossa Majestade que este jovem não é amigo, nem é ligado por laço de parentesco a pessoa alguma de minha família!

Voltando-se em seguida para o condenado, o rei perguntou-lhe:

— Conheces este venerável e sábio rabi?

— Devo dizer a Vossa Majestade — respondeu o interpelado — que não o conheço, e é a primeira vez que vejo este ilustre ancião.

Terminado este rápido interrogatório, o rei contou ao rabi Simão tudo o que ocorrera, momentos antes, naquele salão, desde a aposta singular feita com o rei de Kabul até a descoberta da original medalha hebraica que o condenado trazia, como se fosse um talismã, presa por uma forte corrente de ouro.

— É meu desejo, ó rabi! — continuou o rei — que me traduzas a inscrição que esta medalha contém, pois acredito que a essa legenda judaica se prenda o silêncio que levou este jovem a ser condenado à morte.

O judeu tomou a medalha que lhe foi apresentada e mal havia observado uma das inscrições, transfigurou-se como se o assaltasse incontida emoção. Tremiam-lhe as mãos e o rosto cobriu-se de mortal palidez. E foi com voz balbuciante — que denunciava grande angústia — que ele falou:

— Rei magnânimo e justo! Posso adiantar, desde já, que um dos casos mais extraordinários de que teve notícia o mundo acaba de ocorrer diante dos vossos olhos! — No imponente salão, o silêncio deixava ouvir a respiração ofegante e penosa do velho rabi, que assim continuou: — Por esta pequena medalha consegui descobrir que este jovem se chama Imedin Tahir Ben-Zalã, é natural de Damasco e aqui se acha há poucos dias. E se Vossa Majestade permitir que eu diga ao jovem Imedin algumas palavras em segredo, ele, livre de todo e qualquer juramento, contará aqui mesmo, diante de todos, uma história tão espantosa que causará aos nobres muçulmanos a mais forte admiração e o maior assombro.

— Consinto! — exclamou o rei Soleiman, que mal podia dominar a curiosidade.

O rabi aproximou-se, então, do jovem Ben-Zalã e disse-lhe, em segredo, algumas palavras ao ouvido.

Os muçulmanos que se achavam no rico salão do palácio de Soleiman presenciaram, nesse momento, uma cena curiosa e comovente.

Ao ouvir a misteriosa revelação do judeu o condenado caiu de joelhos e, cobrindo o rosto com as mãos, começou a chorar copiosamente.

— Por Alá! — exclamou o rei Ismail intrigadíssimo com o que via. — Não posso compreender esse mistério! Exijo que Imedin e este judeu deem imediatamente uma explicação completa deste caso!

Ergueu-se Imedin, e mal dominando a intensa emoção de que se achava possuído assim falou:

— Alá vos conserve, ó rei! Estou agora completamente desligado do juramento que há pouco me prendia ao silêncio, e posso, portanto, contar-vos uma das muitas e belíssimas lendas que aprendi nas longas viagens que empreendi pelo mundo!

— Ouvirei mais tarde — atalhou o rei Ismail — todas as lendas maravilhosas que me quiseres narrar; as lendas formam, bem o sei, o maior tesouro da nossa literatura. Agora, entretanto, faço o maior empenho em ouvir uma explicação completa deste misterioso caso da medalha, a razão desse juramento descabido que fizeste, e a significação que tiveram, afinal, as palavras ditas, em segredo, pelo rabi. Desejo, enfim, ó jovem!, ouvir uma narrativa minuciosa da tua vida e de tuas aventuras pelo mundo.

— Escuto-vos e obedeço-vos — respondeu Imedin. — Vou contar-vos a história da minha vida e vereis como se explicam perfeitamente todos os fatos, de certo modo incompreensíveis, que há pouco aqui ocorreram. Sou forçado, porém, a confessar que a minha vida se acha envolvida numa trama inextricável de mil histórias sem fim...

O rei Ismail, que tudo ouvira e observara com a maior atenção, aproximou-se igualmente do jovem Imedin e disse-lhe:

— Confesso-te, meu amigo, que me considero desde já inteiramente vencido na ousada aposta que fiz, há pouco, com o rei Soleiman. Pagarei com satisfação o prêmio prometido. A curiosidade é, porém, muito forte em meu espírito. Espero, portanto, ouvir o relato das aventuras que te forçaram a proferir o tal juramento que se tornou inviolável até diante da ameaça de morte!

E para atender ao pedido do rei, Imedin Ben-Zalã iniciou o seguinte relato:

3ª Narrativa

Imedin Tahir Ben-Zalan conta sua vida e suas aventuras. Por que foi ele à casa do xeque Abder Ali Madyã e as pessoas que lá encontrou. O que disse o xeque a um velhote que oferecia um escravo e as peripécias que depois se seguiram.
Das Mil histórias sem fim *é esta a terceira! Lida a terceira restam, apenas, novecentas e noventa e sete...*

I

Meu nome é Imedin Tahir Ben-Zalã e sou natural de Damasco. Muito cedo tive a infelicidade de perder meu pai, e achei-me, com minha mãe e meus irmãos, em completo desamparo. Um bom mercador, que morava nas vizinhanças de nossa casa, tomou-me sob sua proteção. Graças ao inestimável auxílio desse generoso protetor, obtive meios que me permitiram estudar com os mestres e adquirir, assim, os variados conhecimentos que hoje possuo e de que me tenho valido nos transes mais difíceis da vida.

Há cerca de dois anos, mais ou menos, a marcha serena de minha existência foi perturbada por um acontecimento imprevisto. Salomão Moiard, assim se chamava o meu pai adotivo, obrigado a partir para Jerusalém, em virtude de um chamado urgente, deixou os haveres que possuía, inclusive uma pequena caixa na qual se guardavam mil sequins de ouro. Recomendou-me que zelasse com o maior desvelo pelos seus bens e riquezas, pois só ao fim de um ano talvez, liquidados os seus negócios na Palestina, poderia regressar dessa longa jornada ao país dos israelitas.

Jurei que tudo faria para corresponder à honrosa confiança que ele em mim depositara; e, na manhã seguinte, depois da primeira prece,[1] tive a tristeza de vê-lo partir com grande caravana de mercadores judeus.

O velho Salomão deixara, para as minhas despesas, quantia razoável com a qual eu poderia viver, sem privações, durante um ano. Resolvi, entretanto, auxiliar minha mãe, como sempre fizera — a fim de atenuar-lhe a penúria em que vivia —; deliberei obter um emprego que me permitisse, embora com sacrifício, aumentar-lhe os recursos pecuniários.

---

[1]As preces obrigatórias para os muçulmanos são em número de cinco. A primeira ao nascer do dia; a segunda ao meio-dia; a terceira às quatro horas da tarde, mais ou menos; a quarta ao pôr do sol, e a última à noite. A prece deve ser precedida de ablução (*ghuci*). (B. A. B.)

II

Naquele tempo vivia em Damasco um opulento mercador chamado Abder Ali Madyã, cujo nome brilhava à luz do prestígio que os muçulmanos atribuem aos que têm ouro em abundância, oásis e caravana. Informado de que o xeque[2] procurava um secretário, apresentei-me em sua nobilíssima residência, à hora marcada, esperançoso de obter o vantajoso emprego.

Recebeu-me à porta um escravo baixote, vestido à moda síria, e, tendo declarado a razão da minha presença, fui conduzido até um belo salão onde deparei várias outras pessoas que aguardavam a audiência do xeque. Entre os presentes, reconheci os incorrigíveis Annaf e Mohammed, "o gago", escribas de poucas luzes, que se tornaram famosos entre os damascenos em razão da falta de discrição e honestidade com que desempenhavam as tarefas mais sérias de que se encarregavam.

A fantasia popular não exagerava ao atribuir ao poderoso Abder Madyã uma opulência quase lendária. A sua deslumbrante moradia, cuja construção obedecera ao plano de um escravo cristão, ostentava o luxo e a riqueza de um serralho imperial; havia por toda parte valiosas alcatifas, e no salão poligonal em que nos achávamos, as paredes internas eram cobertas por figuras geométricas coloridas, entrelaçadas em harmoniosas combinações. Menos deslumbravam os adornos e pedrarias do que a arte e o fino gosto com que tudo ali era arranjado.

---

[2] Xeque — termo de acatamento que se aplica em geral aos sábios, religiosos e pessoas respeitáveis pela idade ou pelos costumes. A denominação xeque é dada igualmente ao chefe de tribo ou agrupamento muçulmano.

Quando o xeque surgiu, como um príncipe das *Mil e uma Noites,* acompanhado de seus íntimos e auxiliares, levanta-mo-nos respeitosamente e fizemos o *salã*.[3] Com um ligeiro aceno, o fidalgo agradeceu-nos a saudação.

Um velhote nervoso, de olhos embaciados, que se pusera a um canto, depois de curvar-se várias vezes desmanchando-se em repetidos salamaleques, aproximou-se do xeque e entregou-lhe um documento que trazia em rolo, preso por uma fita azulada.

O xeque tomou o pergaminho, desenrolou-o lentamente, e sobre os vagos caracteres ali traçados correu displicente o olhar.

Ualá![4] — exclamou irritado devolvendo ao velhote o documento. — Não me convém a sua proposta. Acho-a irracional. Seria um absurdo que eu comprasse um escravo, por um preço elevado, sem adquirir nessa transação a pele desse escravo! Que disparate! Onde já se viu semelhante despautério?

— Xeque dos xeques! — acudiu pressuroso o velhinho, estorcendo os dedos. — Trata-se, como já vos disse mais de uma vez, de um caso excepcional. A pele do escravo a que me refiro não lhe pertence. Posso contar-vos...

— Pelas barbas de Mafoma! — atalhou colérico o xeque. — Não me interessa saber como se chegou a essa situação inverossímil e anti-humana; não me animo, tampouco, a ouvir a história desse escravo martirizado pela servidão! Já estou farto de casos excepcionais! Qualquer mendigo da estrada, em troca de um osso, é capaz de contar vinte casos excepcionais!

---

[3] *Salã* — quer dizer paz. É a expressão de que se servem os árabes em suas saudações. (B. A. B.)
[4] *Ualá!* (por Deus!) — exclamação muito usada pelos muçulmanos. (B. A. B.)

Os homens de imaginação baratearam o impossível. Só os fatos sobejamente vulgares e rotineiros é que a mim me parecem realmente excepcionais!

E, isso dizendo, voltou-se para um dos homens que se achavam perfilados, aguardando ordens, e murmurou secamente:

— Leva daqui este importuno!

Acompanhei, ainda, com o olhar, o velhote nervoso que se retirava aos trancos, levado pelo braço hercúleo de um guarda. Sua figura pareceu-me cheia de mistério. Que estranho caso seria aquele do escravo que não era dono da própria pele? Algum dia — pensei — mesmo que seja para tanto obrigado a contar todos os pelos de um camelo, hei de descobrir o paradeiro desse singular muçulmano para dele ouvir aquele "caso excepcional" a que o xeque não dera a menor importância.[5]

III

Tendo saído o velhote de roupa cinzenta, ficaram, apenas, aguardando a decisão do xeque, os que pretendiam o lugar de secretário. Éramos em número de quatro: eu, os dois escribas desonestos (aos quais já me referi) e um tipo pálido, alto como uma girafa e muito magro, que não cessava de sacudir a cabeça para baixo e para cima, como se quisesse, por antecipação, concordar com alguma coisa que ia ouvir de alguém.

— Sou avesso à prática da injustiça — começou o xeque — e não quero, pois, errar na escolha de meu novo secretário. Conforme costumo proceder em tais casos, vou submetê-los a

---

[5]A prodigiosa história desse escravo, e do velhote que o queria vender, aparecerá em outra parte desta obra e vai constituir a 273ª narrativa. (B. A. B.)

uma pequena prova, que será simples e sumária. Aquele que se sair com mais brilho e revelar maior habilidade será por mim escolhido. Ali, sobre aquela mesa, está o material necessário. Cada um dos candidatos poderá escrever a seu bel-prazer o que muito bem entender, contanto que revele inteligência e cultura!

Ao perigoso Annaf, que se achava na frente, cabia, no caso, a iniciativa. Aproximou-se da mesa, tomou do cálamo e de uma folha em branco e, depois de sentar-se sobre uma almofada, escreveu várias linhas, pondo nessa operação os cuidados de um calígrafo.

— Leia! — ordenou o xeque.

O escriba, que usava habitualmente do cinismo como recurso seguro de êxito, leu com voz clara, numa cadência irritante, as linhas que traçara.

Glorificado seja Alá, o Altíssimo! No país do Islã[6] não há homem mais generoso, mais belo, mais sábio e mais valente do que o grande xeque Madyã! O nome desse genial muçulmano...

— Não me agradam — interrompeu com azedume o xeque — os elogios derramados como os que aí escreveste. Abomino os bajuladores. A tua gabação, envilecida pela sabujice, cai sobre mim como a baba de um camelo. Vai-te daqui e não me procures mais. Lembra-te de que eu sei fazer com que os impertinentes amarguem o arrependimento das importunações com que me irritam!

---

[6]O *Islã*, de modo geral, significa "conjunto de países que adotam a religião de Mafoma". Atualmente esses países são: Turquia, Arábia Saudita, Irã, Afeganistão, Iraque, Iêmen, Marrocos, etc.

Regozijei-me intimamente com tal decisão. Foi o caviloso escriba agarrado, num abrir e fechar de olhos, e arrastado para fora do salão pela férrea musculatura de dois guardas autômatos. Percebi que houve, a seguir, um tumulto, acompanhado de ruídos surdos, no corredor; veio-me a espírito a suspeita de que ele teria sido impiedosamente espancado pelos numerosos servos. O regozijo, que a princípio sentira, transformou-se, por causa daquele sucesso, na mais grave apreensão.

Mohammed, "o gago", foi o segundo a apresentar a prova exigida. Tendo escrito duas ou três linhas demonstrativas de sua capacidade, entregou-as ao xeque julgador.

Mal relanceara sobre elas os seus olhos espertos, enfureceu-se perigosamente o rico Madyã.

— Miserável, filho de miseráveis! — gritou enviperado. — Detesto, já o disse, a sabujice dos cínicos tanto quanto execro os tipos grosseiros e mal-educados! Isto que escreveste é uma estúpida infâmia! Por Alá! Vai-te, antes que eu perca por completo a calma.

O temido senhor não teve necessidade de repetir a ordem. Um agigantado cameleiro agarrou pelas costas o grosseiro candidato e, com um empurrão violentíssimo, atirou-o para fora da sala, sem cuidar da desastrosa posição que lhe remataria a queda. Ouvi novamente ruídos surdos e prolongados no corredor; desta vez, entretanto, não tive dúvidas sobre o tremendo espancamento com que os servos castigavam o segundo pretendente.

A má sorte de Annaf e Mohammed não perturbou a calma e a serenidade do tal homem pálido, magro, que sacudia a cabeça. Com penalizante humildade, sem desligar dos lábios um lastimável sorriso, que traduzia a mais profunda resignação, aproximou-se do xeque em cujas mãos depositou uma pequena folha, na qual rabiscara alguns versos de notável poeta árabe.

— Imbecil que és! — exclamou o xeque, depois de ler a prova e tomado de vivo rancor. — A tua ignorância é revoltante! Nos versos de Montenébbi[7] que aqui escreveste, há três acentos trocados e duas sílabas erradas! É incrível que um árabe tenha a ousadia de estropiar, assim, o mais admirável poema do Islã! — E a transbordar de empáfia, ajuntou: — Sei de cor os cinco mil versos de Antar, as canções de Nobiha, de Tarafa e Zobe. Já li cem vezes as obras dos antigos e modernos escritores árabes. Não posso admitir, portanto, que um imbecil, por ignorância, estropie torpemente as joias mais caras do grande Montenébbi!

E vi penalizadíssimo ser aplicado ao terceiro infeliz o mesmo tratamento brutal dispensado aos dois primeiros: seguiram-se, como das outras vezes, barulhentos distúrbios no fatídico e temeroso corredor. Voltou-se, a seguir, o xeque para os amigos que o rodeavam e proclamou com irritante prosápia:

---

[7]Montenébbi — poeta árabe de grande renome, nasceu em Kufa no ano de 905. Passou a sua infância na Síria e, durante vários anos, viveu entre beduínos do deserto. Muito moço ainda agitou a pequena cidade de Semawat, nas margens do Eufrates, fazendo-se passar como inspirado profeta que aparecia, no mundo, com a missão sublime de fundar uma nova crença religiosa. Fez crer a seus amigos e correligionários que recebia inspiração de anjos e espíritos ocultos e pretendeu elaborar um segundo Alcorão, que serviria de código religioso e moral para a seita revolucionária que pretendia implantar na Arábia e espalhar por todos os recantos do mundo. Foi preso pelas tropas Ikhechiditas de Homs, e só obteve liberdade depois de ter declarado que as suas ideias religiosas eram falsas e que a verdade estava contida unicamente no Islã. O apelido *Montenébbi* significa "aquele que pretendeu ser profeta". Escreveu poemas admiráveis, até hoje lidos com entusiasmo pelos árabes. Foi, em seu tempo, o poeta mais popular da Arábia. Era admirado pelos caravaneiros e temido pelos príncipes. (B. A. B.)

— Viram a audácia deste chacal insolente que fiz expulsar agora de minha casa? Teve a petulância de me oferecer, como coisa sua, fruto de sua acanhada inteligência, um punhado de lindos versos que o imortal Montenébbi escreveu, em Chiraz, para obter a simpatia e proteção do poderoso Adod-ed-Daula. O infeliz plagiário não se lembrou de olhar para os seus pés antes de submeter a julgamento a sua desastrosa prova.

E o enfatuado xeque apontou para o grande e rico tapete azul-claro, adornado com legendas admiráveis, que cobria a parte central do aposento. Destacavam-se, no centro do tal tapete, versos admiráveis de Montenébbi:

> *Quis apossar-me do Tempo*
> *mas o Tempo, imaginário,*
> *não se deixou alcançar.*
> *Procurei a eternidade,*
> *pensando que, na Ciência,*
> *tudo pudesse encontrar.*
> *Mas voltei de mãos vazias,*
> *lamentando os dias meus,*
> *estudei e, logo, a Dúvida*
> *veio afastar-me de Deus...*[8]

— Que tapeçaria magnífica! — comentou com voz amolentada um tipo gorducho, de rosto redondo, que parecia íntimo do xeque. — É de estranhar que o velhote não tenha reparado nela, depois de ter permanecido nesta sala, à nossa espera, durante tanto tempo.

---

[8]Estes versos são do livro *Pássaro de Jade*, da poetisa brasileira Sônia Regina.

— Isso acontece com os indivíduos vulgares, meu caro Rhaif — acudiu com vivacidade o xeque. — Olham, mas não veem; ouvem, mas não escutam; falam, mas não dizem nada; correm, mas não se afastam. Conheci, em Homs, um aguadeiro tão distraído que de uma feita, ao sair da mesquita, esqueceu as babuchas e enrolou os pés no turbante! Ao chegar a casa, a esposa espantou-se e disse: "Que loucura é essa, meu marido? Olha o que fizeste com o teu turbante!" Respondeu o aguadeiro olhando para os pés: "Foi distração minha! Pensei que tomara, por engano, as calças do velho cádi!"

A citação daquele caso — que me parecia uma frioleira sem sentido e sem cabimento — fez rir gostosamente o gordo Rhaif. Todos os outros xeques desmancharam-se, também, em estrepitosas risadas. Sentia-se que a intenção dos presentes era lisonjear e agradar o dono daquele palácio, o opulento xeque Madyã.

Que chiste poderia alguém descobrir naquela desenxabida anedota do aguadeiro?

A minha atitude discreta e serena despertou a atenção do xeque.

Fitou-me muito a sério e, fazendo transparecer certa ironia em suas palavras, disse-me com voz pausada:

— Chegou, agora, a tua vez, meu jovem amigo! Que no insucesso e no lamentável fracasso de teus antecessores possas descobrir meio mais seguro de alcançar a vitória. Queira Alá que a tua prova seja satisfatória, pois os cameleiros que me servem já estão, com certeza, fatigados de castigar atrevidos e ignorantes audaciosos! Pela sagrada mesquita de Meca! Vamos à prova!

4ª Narrativa

Continuação das aventuras de Imedin. O caso da palavra caucasiana que um filólogo de grande fama traduziu e explicou.
Das Mil histórias sem fim *é esta a quarta!*
Lida a quarta restam, apenas, novecentas e noventa e seis...

I

Vendo chegada a minha vez, invadiu-me invencível terror, como se houvesse surgido pela frente um fantasma de apavorante aspecto. Que deveria escrever para agradar ao incontentável xeque? Elogios? Nunca. Lembrava-me ainda do quanto penara o primeiro escriba. Insultos e grosserias? Muito menos. Trechos literários ou poesias? Seria uma imprudência de louco. Um engano numa frase, um descuido num verso, seria, para mim, desgraça completa.

Quis Alá que uma feliz inspiração me iluminasse o atribulado espírito. Tomei de uma folha de papel e nela escrevi uma única palavra: Mazaliche!

— *Ma-za-li-che!* — leu o xeque, vagarosamente, separando com cuidado as sílabas. Que quer dizer "mazaliche"?

Senti, naquele transe perigoso, que a minha salvação, no caso, dependia, exclusivamente, de um pouco de audácia. A palavra "mazaliche" tinha sido inventada, no momento, por mim; nada significava, não tinha sentido algum. Resolvido, porém, a levar até o fim a aventura iniciada de modo tão favorável, respondi com absoluta segurança:

— A palavra "mazaliche", ó xeque generoso!, não é árabe, nem persa. É um vocábulo descoberto, faz muitos séculos, por um filólogo que estudou os vários dialetos falados pelos povos caucasianos. "Mazaliche" significa o que quiser!...

— Como assim? — interpelou-me novamente o xeque. — Qual é a tradução certa e exata para essa palavra?

— O que quiser! — reafirmei tranquilo. — Não vejo, senhor, como explicar, de outro modo, a significação de uma palavra para nós quase intraduzível. O sábio filólogo que viveu no Cáucaso...

— Basta — atalhou vivamente o xeque. Dispenso-te as explicações linguísticas. A lembrança que tiveste, ao condensar a tua prova numa única palavra, foi realmente original. Revelaste inteligência viva, cultura razoável e também muita presença de espírito. Creio que és digno de exercer as funções de secretário de um homem notável como eu!

Julguei, depois de ter ouvido tais elogios do imodesto xeque, passado inteiramente o perigo e definida, de modo favorável, a situação. Com grande surpresa, porém, o caso tomou, de repente, feição complicada e trágica.

Depois de pequeno silêncio, o xeque assim falou:

— Ser-me-á fácil verificar se disseste ou não a verdade em relação a essa palavra, "mazaliche". Tenho aqui, em minha casa, como hóspede, há muito tempo, um filólogo eruditíssimo chamado Mostacini Thalabi, que conhece profundamente os mais complicados idiomas do mundo. Vejamos se esse sábio concorda com a tradução que apresentaste para a palavra caucasiana. Fica certo, porém, ó jovem, de uma coisa: se a tua prova, com a originalidade que parece ter, encerrar uma pilhéria, não sairás daqui com uma só costela em perfeito estado!

E depois de proferir tão grave ameaça, que me deixou estarrecido e tonto de pavor, o xeque chamou um escravo e disse-lhe:

— Que venha à minha presença o douto e eloquente filólogo Mostacini Thalabi!

Rápido como uma flecha o escravo desapareceu em busca do sábio.

"Estou perdido", pensei. "O filólogo vai descobrir a minha audaciosa mistificação. Queira Alá valer-me nesta dependura."

II

Momentos depois surge no salão, em companhia de um escravo, um homem de meia-idade, barbas castanhas, olhar muito vivo, rosto largo, a testa alta e mal disfarçada por um turbante farto e desajeitado, com uma grande barra verde. Era o recém-chegado o famoso filólogo Mostacini Thalabi, hóspede do palácio.

Depois de saudar delicadamente a todos os presentes, dirigiu-se ao senhor de Madyã e disse-lhe:

— Alá sobre ti, ó xeque! Que desejas de teu humilde servo?

Respondeu o xeque:

— Mais uma vez, meu bom amigo, vou apelar para os teus profundos conhecimentos linguísticos. Sei que os idiomas, vivos ou mortos, não possuem segredos que resistam à argúcia de teu espírito. Pois bem. Quero que me digas o que significa esta palavra e a língua ou dialeto a que pertence.

E o rico mercador passou para as mãos do filólogo a folha em que eu escrevera o ignorado vocábulo — *Mazaliche.*

Um sentimento de pavor invadiu-me o espírito e como que me petrificou. A máscara da palidez pesou-me sobre o rosto. Murmurei resignado: "*Maktub!*[1] Alá é grande! Seja feita a vontade de Alá."

O sábio leu atentamente a palavra a que eu reduzira a minha prova. Passou a mão direita pela barba, alisando-a, displicente. Meditou alguns instantes como se procurasse coordenar ideias que pareciam quase esquecidas. E disse afinal:

---

[1] *Maktub!* Estava escrito!

— A palavra aqui escrita compõe-se de dois radicais distinhos: *mas* ou *maz,* e *aliche* ou *oiliche,* da raiz de um verbo *oili* a que se liga o sufixo *che,* indicativo de futuro. *Mazaliche* é encontradiço num dialeto falado na região do Cáucaso. A palavra é, pois, caucasiana!

Quem poderia avaliar a intensidade do meu espanto ao ouvir aquela declaração?

Feita pequena pausa, o filólogo continuou:

— Vou dar agora a significação da palavra "mazaliche". A primeira parte, constituída pelo radical *mas,* significa "aquilo que", "coisa"; a segunda, *alíche,* é um verbo: "querer", "pretender", "desejar", "preferir no futuro". A melhor tradução para *mazaliche* será, pois: "o que quiser."

— Jovem — declarou então o xeque. — A tua prova acaba de ser confirmada pela voz autorizada do nosso grande filólogo. Nomeio-te meu secretário e de hoje em diante viverás neste palácio!

Recebi a seguir, de quase todas as pessoas que nos rodeavam, provas de afeto e simpatia. Cochichou-me um sujeitinho magro, que piscava continuamente os olhos:

— Foste de muita sorte. Com habilidade alcançarás aqui riquezas incalculáveis!

Compreendi que o sábio Mostacini, movido por um sentimento de incomparável bondade, deliberara salvar-me daquela emergência inventando para a palavra "mazaliche" a complicada etimologia que causara tanta admiração ao xeque.

"Serei grato a esse homem", pensei. "A ele devo exclusivamente a vitória na prova. Quem o informara, porém, da significação que eu havia momentos antes atribuído ao vocábulo 'mazaliche'?"

Naquele mesmo dia — ao cair da noite — fui aos aposentos do filólogo a fim de agradecer-lhe o precioso auxílio que me prestara.

O erudito Mostacini recebeu-me com indisfarçável alegria. A sala que lhe fora destinada no palácio era larga e espaçosa. Pelo chão viam-se atiradas, ao acaso, ricas almofadas de seda.

— Já sei, meu amigo — disse-me o filólogo —, vieste aqui agradecer-me a solução engenhosa que dei hoje para o teu caso. O escravo que veio chamar-me é meu amigo e a ele devo inúmeros favores. Este escravo contou-me tudo o que se passara e solicitou o meu auxílio em teu favor. Prometi-lhe que tudo faria para salvar-te. Quando entrei, pois, no salão, já sabia o que devia responder ao xeque em relação à palavra que havias, por certo, inventado. Do contrário estarias irremediavelmente perdido.

— E esse escravo — perguntei — quem é? Por que veio ele em meu auxílio?

Respondeu-me Mostacini:

— Neste palácio vivem dezenas de indivíduos sem caráter e sem dignidade que exploram a vaidade doentia do xeque. A hipocrisia, a inveja e a perfídia se familiarizaram em todos os cantos desta casa, e o vaidoso xeque é a toda hora rodeado por cortesãos indignos, que tudo sacrificam pelo amor à cobiça. A única criatura sincera e leal que aqui conheço é esse escravo. Chama-se Meruã. É filho de um aguadeiro de Damasco e conheceu teu pai durante uma viagem que fez ao Cairo. Meruã é cristão e afirmou-me que se acha no dever de proteger-te. Se quiseres ouvir dele a narrativa de uma aventura estranha ocorrida no Egito ficarás conhecendo, de tua vida, um segredo tão estranho que talvez modifique por completo o curso de tua existência.

Tomado da mais viva curiosidade pelo caso, apertei o bom filólogo com um chuveiro de perguntas, ao que ele retorquiu sem se impacientar:

— Nada quero adiantar-te. Amanhã muito cedo mandarei chamar Meruã. E dele próprio ouvirás a mais espantosa narrativa de quantas correm no mundo. — E acrescentou: — Vou agora para o salão. O eloquente *xeque-el-medah*[2] acaba de chegar. Queres ouvir as narrativas desta noite?

Agradeci ao bondoso ulemá o convite; sentia-me fatigado. Preferia ficar ali, na tranquilidade daquele belo aposento, recostado nas ricas almofadas; não me interessavam, naquele momento, as histórias fabulosas cheias de aventuras trágicas e emocionantes.

Retirou-se o sábio, deixando-me sozinho na maior ansiedade.

Que relação poderia existir entre mim e o misterioso escravo? Que estranha aventura teria ocorrido no Egito com meu pai?

A meu lado achava-se um manuscrito que o filólogo ali deixara. Olhei sôfrego para a obra. Na primeira página li assombrado:

Não há no mundo ninguém sem alguma tribulação ou angústia, seja ele emir, rei ou califa.

---

[2]Chefe dos contadores de histórias. Veja explicação no prefácio. (B. A. B.)

E mais:

> *Prepara-te para sofrer muitas adversidades e vários desgostos nesta miserável vida; porque assim te sucederá onde quer que estiveres, e assim acharás, em verdade, onde quer que te esconderes.*

Quem teria escrito aquelas impressionantes palavras? Que sentido teriam elas no enredo de minha vida?

Intrigado com o caso, tomei do curioso manuscrito e consegui, sem dificuldade, ler uma história que me deixou encantado e me fez esquecer os pensamentos confusos que me agitavam.[3]

Eis a história que li:

---

[3] O jovem Imedin, que tem as suas aventuras aqui interrompidas, vai reaparecer na 240ª, 241ª e 242ª narrativas. Encontramos, então, o complemento e a explicação da 2ª narrativa. Convém ler, a tal respeito, a nota final. (B. A. B.)

5ª Narrativa

História de um rei da Índia que tinha três ministros e do caso espantoso que ocorreu por causa de uma bela estátua. O que disse ao rei o terceiro-vizir para livrar-se do perigo que o ameaçava.
Das Mil histórias sem fim *é esta a quinta! Lida a quinta restam, apenas, novecentas e noventa e cinco...*

Houve outrora, no país de Panjgur, na Índia, um rei que tinha três ministros.

Querendo um dia verificar o grau de estima e consideração em que era tido pelos seus três dignos auxiliares, ordenou o monarca fosse colocada no meio do grande parque do palácio real uma estátua[1] dele próprio e, escondido em discreto recanto, pôs-se à espera para observar o que fariam os ministros quando vissem inesperadamente aquele novo monumento.

O primeiro a chegar foi o ministro da Justiça. Ao defrontar com a estátua do rei no meio do arvoredo, parou muito sério, os braços cruzados sobre o peito, em atitude respeitosa, e examinou miudamente a obra de arte sem proferir uma única palavra, nem deixando transparecer a impressão que lhe causara o inopinado encontro.

Mal se retirara o primeiro ministro quando chegou o seu colega encarregado das Finanças e do Tesouro do país.

O digno tesoureiro do rei Malabã — assim se chamava o soberano de Panjgur — ao ver a nova estátua cobriu o rosto com as mãos e entrou a chorar desesperadamente como se grande desgosto o oprimisse.

Ao rei, que tudo observara, causou isto não pequena admiração.

— Por que teria o primeiro-ministro ficado tão sério ao ver a estátua, ao passo que para o segundo o defrontar com ela fora motivo de pranto desfeito?

Momentos depois chegou o terceiro-ministro. Era esse vizir encarregado unicamente de estudar as questões relativas às Forças Armadas e aos recursos militares do país.

O titular da Guerra, ao deparar-se-lhe a imponente figura do vaidoso monarca, entrou a rir com estrepitosas gargalhadas

---

[1] A religião maometana proíbe a representação de animais, o uso de imagens e de figuras humanas. Na Índia, porém, muitos países estão inteiramente fora do Islã. (B. A. B.)

e de tal modo o dominaram os ataques de riso que chegou a cair de costas junto ao pedestal do régio monumento.

O rei Malabã, que além de orgulhoso era muito desconfiado — dois defeitos gravíssimos para um chefe de Estado —, ficou intrigadíssimo com a diversidade singular das impressões que sua imagem causara aos três dignos ministros de Panjgur.

A rígida gravidade do primeiro, as lágrimas do segundo e o louco gargalhar do terceiro eram enigmas que a régia sagacidade não podia decifrar, o que sobremodo o afligia.

Incapaz de refrear a curiosidade que o estranho caso lhe despertara, partiu o rei Malabã para o palácio e, tão depressa ali chegado, mandou viessem à sua presença os três ministros.

Contou-lhes o rei, sem nada ocultar, tudo o que observara e disse-lhes que queria saber o motivo por que ficara o primeiro-ministro tão sério, ao passo que o segundo chorara com abundância de lágrimas e o terceiro rira a ponto de perder os sentidos.

O ministro da Justiça, compreendendo que devia ser o primeiro a falar, assim começou, depois de saudar respeitosamente o rei:

— Deveis saber, ó rei magnânimo!, que ao ver aquela belíssima estátua, para mim até então desconhecida, lembrei-me de vós e dos grandes benefícios que tendes prestado ao povo, aos meus amigos, aos meus parentes e a mim em particular. Resolvi, pois, dirigir a Alá, o Altíssimo, uma prece, pela vossa saúde, prosperidade e bem-estar! Fiquei, como vistes, muito sério, ó rei generoso!, porque estava contrito em orações.

— Meu bom amigo! — exclamou o rei, abraçando-o. — Compreendo agora o quanto és sincero e dedicado! Jamais deixarei de retribuir a grande amizade que tens por mim.

E, voltando-se para o segundo-ministro, disse-lhe:

— Não compreendo, porém, ó vizir tesoureiro!, por que motivo a estátua pôde ser causa do teu grande desespero.

Assim interpelado, o ministro das Finanças, depois de prestar ao rei Malabã a sua homenagem humilde e respeitosa, começou:

— Cumpre-me dizer-vos, ó rei do tempo!, que ao ver aquela bela estátua notei que ali estava a vossa majestosa figura posta no bronze pelo gênio incomparável de famoso artista. Este monumento é de bronze, pensei, e assim durará eternamente, ao passo que o nosso bondoso rei, na sua triste condição de mortal, não poderá sobreviver à própria efígie. Dia virá em que Hã-Ru, o Anjo da Morte,[2] na sua eterna faina, arrebatará a alma preciosa do nosso estremecido rei! E esses pensamentos cruéis, sem que eu pudesse impedir, apoderaram-se de mim e tal tristeza me trouxeram ao coração que, dando livre curso às lágrimas, chorei desesperadamente!

— Grande amigo! — atalhou o soberano hindu comovido. — Jamais me esquecerei da prova sincera de amizade que acabo de receber de ti!

E depois de abraçar afetuosamente o ministro da Fazenda, o rei Malabã voltou-se para o terceiro vizir e censurou-o com enérgico rancor:

— Nas tuas gargalhadas, porém, ó vizir!, próprias de um insensato, não vi mais do que um insulto e um escárnio à minha pessoa! Não compreendo como poderás explicar a tua atitude

---

[2]Hã-Ru — Na mitologia hindu figuram nada menos de 17 deuses. Um deles, *Siva*, é o princípio destruidor e tem como auxiliar Hã-Ru, o mensageiro da Morte.

descabida e irreverente! Cabe-te a vez de falar! Dize-me onde foste buscar em minha estátua, perfeita e impecável, motivos para tamanha hilaridade.

Ao ouvir palavras tais empalideceu o ministro da Guerra, sentindo que a falsa interpretação do rei punha a sua vida em grande perigo.

Sem perder, porém, a calma tão necessária em tais situações, o digno vizir do rei Malabã aproximou-se do trono e, depois de beijar humildemente a terra entre as mãos, assim falou:

— Rei generoso! Esteja o vosso nome sob a proteção dos deuses! Não sei mentir. Vou contar-vos a verdade, embora com sacrifício da minha vida, revelando-vos o motivo por que tanto ri ao topar com essa estátua! — E, diante do silêncio que se fizera, o terceiro-vizir começou: — Ao atravessar o parque do palácio, deparou-se-me um belíssimo monumento de bronze que representava a figura do glorioso sultão de Panjgur. Vendo a estátua lembrei-me, naquele instante, de uma história muito curiosa intitulada "O Beduíno Astucioso", que ouvi contar, há dez anos, no interior da Arábia! Foi a lembrança dessa história que me fez rir daquela maneira!

— Que história é essa? — indagou o rei Malabã, tomado da mais viva curiosidade.

— É uma das lendas mais chistosas que conheço — explicou o vizir. — Ouvi-a de um velho árabe quando atravessava o deserto de Dahna!

"Há, nesse deserto, uma gigantesca montanha de pedra lisa e acinzentada, que os árabes denominaram "A Sofredora", já muitas vezes contornada pelas caravanas e varrida pelo simum. Ao norte dessa montanha agreste encontra-se pequeno e acolhedor oásis, com muita sombra e água fresca, onde florescem precisamente trezentas e trinta e três tamareiras. Dizem os caravaneiros que cada uma dessas trezentas e trinta e três tamareiras (com exceção de uma, e uma só) tem a existência ligada a uma lenda. Não há erro, pois, em afirmar que o número de lendas, nesse oásis, é igual ao número de tamareiras menos uma! A lenda da décima terceira tamareira é aquela que tem por título "O Beduíno Astucioso". Houve mesmo um sábio matemático que calculou...

— Não me interessam os cálculos das trezentas e tantas tamareiras — interrompeu, com impaciência, o monarca. — Quero ouvir, sem mais delongas, a singular aventura do beduíno astucioso com todos os episódios, versos ou fantasias que estiverem com ela relacionados.

O rei, já meio agastado, exigia a narrativa. Era preciso obedecer ao senhor de Panjgur.

O digno vizir concentrou-se durante breves instantes. Parecia coordenar as ideias e recordar os fatos que estivessem dispersos entre as brumas do passado. Decorridos, finalmente, alguns minutos, iniciou, com voz pausada, o seguinte relato:

6ª Narrativa

*História de um rei do Kafiristã que fez erguer três
estátuas e de um beduíno astucioso que ficou desesperado.
Que fez o beduíno para despertar viva
curiosidade no espírito do rei.
Das Mil histórias sem fim é esta a sexta!
Lida a sexta restam, apenas, novecentas e
noventa e quatro...*

Deveis saber, ó irmão dos árabes!, que existiu outrora, para além das montanhas de Kabul, um país muito rico e populoso chamado Kafiristã.

O Kafiristã era, nesse tempo, governado por um soberano íntegro e sábio cujo nome a História registrou e perpetuou em páginas magníficas, para maior glória dos povos do Islã. Deveis saber também — pois bem poucos são aqueles que o ignoram — que esse monarca famoso, a que nos referimos, foi Romalid Ben-Zallar Khã.

Dando ouvidos aos conselhos de um vizir insidioso e bajulador, o rei Romalid (Alá o tenha em sua glória!) mandou erguer na grande praça da capital três belíssimas estátuas.[1]

A primeira era de bronze, a segunda de prata e a terceira — não obstante ser a maior — era toda de ouro. Todas representavam o rei em atitude de combate, a erguer ameaçador um grande alfanje recurvado.

Um dia, o vaidoso Romalid repousava descuidoso na varanda de marfim de seu palácio, quando notou que um velho beduíno, pobremente vestido, se aproximava do lugar em que se achavam os três monumentos. Ao ver a estátua de bronze, o árabe do deserto ergueu os braços para o céu e exclamou:

— Que Alá, o Exaltado, conserve o nosso rei! — Ao defrontar, logo depois, a estátua de prata, o beduíno riu alegremente e disse em voz bem alta: — Que Alá, o Altíssimo, abençoe o nosso rei! — Ao topar, porém, com o rútilo e áureo monumento, o beduíno atirou-se ao chão; como um louco, entrou a gritar, desesperado: — Que Alá, o Clemente, salve o nosso rei!

O sultão, que tudo observara, mandou que trouxessem o aventureiro desconhecido ao seu palácio e em presença dos vizires mais ilustres da corte, interrogou-o sobre a significação dos votos que proferira e das atitudes diversas e inesperadas que havia assumido diante de cada uma das estátuas.

---

[1] A religião maometana proíbe a representação de animais, o uso de imagens e de figuras humanas. Na Ásia, porém, muitos países estão inteiramente fora do Islã. (B. A. B.)

O velho beduíno, homem inteligente e astucioso, interpelado pelo poderoso senhor do Kafiristã, inclinou-se respeitoso e exclamou.

— *Allah alá tiac in manlei!* (Que Deus conserve a vossa vida, ó rei!) Devo dizer, primeiramente, que o meu nome é Salã Motafa. Pertenço a um grupo de nômades do deserto que hoje, para breve repouso, acamparam junto às portas desta cidade. Há dez anos que não vinha ao Kafiristã e não conhecia os três novos monumentos ora erguidos ali no meio da praça. Ao ver a estátua de bronze compreendi que ela representava o nosso rei Romalid Ben-Zallar Khã, sultão magnânimo e afortunado. Prestei, pois, como humilde súdito que sou, minhas homenagens à figura imponente e respeitável do soberano, rei e senhor deste rico país. Pensei: "Se não houvesse um rei, justo e forte, para governar e dirigir o povo, este andaria na terra como, em pleno oceano, o batel sem piloto."

"Ao avistar, logo depois, a estátua feita de prata pensei: 'Se o rei mandou fazer uma estátua tão cara é porque tem as arcas do tesouro a transbordar de dinheiro. Há, portanto, notável e completa prosperidade no país!' E este raciocínio trouxe-me ao espírito grande alegria, que externei, com a maior sinceridade, ao exclamar: 'Que Alá, o Altíssimo, abençoe o nosso rei e por muitos anos o conserve!' 'O que é muito puro de sangue, de linguagem e de conduta, o que é poderoso, reto e consumado político, é digno de reinar na terra.'

"Ao verificar, porém, que a terceira estátua era de ouro maciço, fiquei assombrado. 'O rei enlouqueceu', pensei. 'Onde já se viu, em que terra e em que lugar, um soberano desperdiçar tanto dinheiro numa estátua de ouro quando há tanto benefício a fazer-se e tanta necessidade a remediar-se?! Pobre e desventurado rei! Está completamente dominado pelo delírio das grandezas!' E esta triste conclusão afligiu-me de tal modo que de mim se assenhoreou grande e incontida aflição. Atirei-me desesperado ao chão, e implorei a proteção de Deus: 'Que Alá, o Clemente, salve o nosso rei!'"

Achou o sultão muita graça na original explicação dada pelo inteligente forasteiro e perguntou-lhe:

— Acreditas, então, ó beduíno tão bem-dotado!, que eu poderia ficar louco sem que os meus súditos o percebessem?

— Acredito, sim, ó rei dos reis — afirmou o beduíno. — Não conheceis o caso ocorrido com o rei Talif?

— Não é possível, mesmo a um rei, conhecer os casos que se deram com todos os reis. Possivelmente, ignoro o que ocorreu com esse meu digno antecessor.

— Pois é a história mais espantosa de quantas tenho ouvido — respondeu o beduíno. — Trata-se de um rei que verificou ter acontecido, consigo mesmo, uma anomalia realmente fantástica; durante nove anos, apesar de completamente louco, governava tranquilamente um dos países mais prósperos e mais ricos do mundo! E houve ainda, no caso, uma particularidade notável. No dia em que o rei Talif achou que seria prudente enlouquecer ficou inteiramente curado da demência que o aniquilava!

— Por Alá! — exclamou o sultão. — Será possível que um rei demente possa governar com acerto um grande país? Conta-nos, ó Filho do Deserto!, conta-nos esta história que me parece curiosa!

— Escuto-vos e obedeço-vos — respondeu o nômade, beijando humilde a terra entre as mãos. — Conto com a vossa generosidade. O coração do bom, embora agastado, não muda. Não é possível aquecer a água do oceano com a luz de uma vela!

E na sua voz forte e cadenciada, como o andar de uma caravana, o astucioso beduíno iniciou a seguinte narrativa:

7ª Narrativa

História de um povo triste e de um rei que se viu ameaçado por uma terrível profecia. Neste capítulo vamos encontrar um rei que só criou juízo no dia em que resolveu enlouquecer.
Das Mil histórias sem fim é esta a sétima!
Lida a sétima restam, apenas, novecentas e noventa e três.

I

Conta-se que existiu outrora, na Índia, entre o Indo e o Ganges, um país tão grande que uma caravana, para atravessá-lo de um extremo ao outro, era obrigada a repousar setenta e sete vezes.

Era esse país governado por um rei, chamado Talif, filho de Camil, Camil filho de Ludin, Ludin filho de Maol, o Forte.

Certo dia, o rei Talif chamou o seu grão-vizir Natuc e disse-lhe:

— Tenho notado, meu bom amigo, que os meus súditos, desde o mais humilde remendão ao mais opulento e prestigioso emir, de há algum tempo a esta parte, andam todos tristes e abatidos. Desejo vivamente saber qual é a causa dessa epidemia de tristeza e abatimento que oprime meu povo!

— Rei magnânimo e justo — respondeu o judicioso Natuc — que o Distribuidor[1] vos conceda todas as graças que mereceis! Sou forçado a dizer-vos a verdade, embora tenha certeza de que ela vai causar-vos grande desgosto! O povo anda triste e abatido porque dentro de poucos dias deverá ser festejado em todo o reino o trigésimo quinto aniversário de vossa existência!

— Pelo manto do Profeta! — exclamou o rei Talif. — Que absurdo é este? Não vejo que relação possa existir entre o meu aniversário e a melancolia dessa gente!

— Bem sei que ignorais ainda — explicou o grão-vizir — que esse dia tão ansiosamente esperado, do vosso aniversário natalício, será para o reino o mais calamitoso do século!

— Calamitoso? Positivamente, ou tens o juízo fora da cabeça, ou terás, em breve, a cabeça fora do corpo. Já vai a tua audácia além do que eu poderia tolerar.

— Espero, ó rei magnânimo, me perdoeis a licença das expressões ao contar-vos a razão delas.

E o dedicado Natuc narrou ao soberano da Índia o seguinte:

---

[1]Um dos muitos nomes com que os muçulmanos se referem a Alá.

— Uma semana depois do vosso nascimento, mandou o saudoso rei Camil, sobre ele a bênção de Alá!, chamar o famoso Ben-Farrac, o sábio astrólogo de maior prestígio do mundo, e pediu-lhe que lesse nas estrelas visíveis e nos astros invisíveis do firmamento o futuro de Talif, o novo príncipe do Islã. O grande Ben-Farrac, sobre ele a misericórdia de Alá, depois de consultar os voos dos pássaros, as constelações e a marcha dos planetas mais propícios, declarou que o filho de Camil subiria ao trono aos vinte e um anos de idade, e durante quatorze outros governaria, com agrado de todos, o novo reino herdado de seu pai. No dia, porém, em que completasse trinta e cinco anos, o rei Talif seria acometido de um ataque de loucura! Se ao atingir essa idade fatal, escrita no céu pelos astros luminosos, não apresentasse o rei sintomas de demência, uma grande e indescritível calamidade, que não pouparia nem mesmo as palmeiras do deserto, devastaria o país de norte a sul! E até agora, ó rei do tempo!, não houve uma só previsão de Ben-Ferrac que fosse tida por falsa ou errada. O povo tem assistido já a realização completa de várias delas!

E, depois de pequena pausa, o grão-vizir continuou:

— Eis aí, glorioso senhor, a causa da tristeza de vossos dedicados súditos. No próximo dia do vosso aniversário seremos vítimas de uma desgraça: ou a loucura apagará para sempre a luz de vossa inteligência, ou uma calamidade, que ainda não teve igual na história, devastará o país de norte a sul!

O bondoso rei Talif, ao ter conhecimento desse triste augúrio que pesava ameaçadoramente sobre seu futuro, ficou tomado da mais profunda tristeza e sentiu invadir-lhe o coração piedoso uma onda de amargura.

— Bem triste é a minha sina! — lamentou o rei depois de longo e penoso silêncio. — Certo estou, ó vizir!, de que não poderei fugir aos *decretos* irrevogáveis do destino. Apelo, meu amigo, para o teu esclarecido espírito e longa experiência! Não haveria um meio de atenuar-se a grande desgraça que paira presentemente sobre o meu povo e sobre mim mesmo?

— Só vejo um meio — respondeu sem hesitar o grão-vizir — e nele venho pensando há muito tempo. Segundo a previsão formulada pelo astrólogo, se ficardes louco no dia do vosso aniversário, o país não mais terá a temer futuras calamidades. Assim sendo, no dia do vosso natalício, logo pela manhã, fingireis, por vários atos absurdos, que o destino vos privou da luz da razão. Não deveis, porém, com a simulada loucura, deixar que desapareça, ou mesma diminua, a confiança que o povo deposita em vós. Para isto, penso que os vossos atos de falsa demência deverão ser de molde que não tragam qualquer perigo ou a menor perturbação à vida dos vossos súditos. O povo depressa poderá verificar que o rei, apesar de louco, continua a exercer o governo do país com justiça e tolerância. É preferível, poderão dizer todos, um rei demente, piedoso e justo, a um soberano de espírito lúcido, mas perverso e vingativo! E, assim, a vida de todos nós continuará, como até agora tem sido, calma, tranquila e feliz!

— Grande e talentoso amigo! — exclamou o rei Talif, movido por sincero entusiasmo — Como admiro a tua sagacidade, como aprecio a tua dedicação! É, na verdade, uma solução admirável para o meu caso; fazendo-me passar por louco farei com que se realize a terrível previsão do maldito astrólogo, e restituirei a calma e o sossego ao meu povo!

E desta sorte, tendo assentado com o grão-vizir os planos para a curiosa farsa que devia representar — fingindo-se louco —, ordenou o rei Talif que o seu trigésimo quinto aniversário fosse condignamente festejado em todas as cidades e aldeias do reino.

Chegado que foi o dia, todos os vizires, nobres e ricos mercadores foram, conforme o tradicional costume, levar as felicitações e os votos de prosperidade ao régio aniversariante.

Ordenou o rei Talif fossem os seus ilustres homenageantes conduzidos à sala do trono e recebeu-os de pé, tendo numa das mãos uma caveira e à cintura longa corrente de ferro a cuja extremidade vinha presa uma figura, feita de barro, que representava um gênio infernal de horripilante aspecto.

Os ricos, nobres e vizires, ao verem a estranha e descabida atitude do rei Talif, concluíram logo que o soberano da Índia havia enlouquecido. Aqueles que ainda tinham dúvida sobre o desequilíbrio mental do rei depressa se convenceram da dolorosa verdade, quando o ouviram declarar que estava resolvido a caçar elefantes no fundo do terceiro mar da China!

E quando um dos honrados vizires ponderou sobre as dificuldades de tal empresa, o rei pôs-se a enunciar frases sem nexo.

— Qual peso é excessivo aos esforçados? Que é diante ao perseverante? Que país é estranho aos homens da ciência? Quem é inimigo dos afáveis?

— Está louco o rei! — murmuraram todos. — De dois males o menor. Estamos livres da calamidade que devia devastar o país de norte a sul!

E o povo festejou nesse dia, com demonstrações de grande alegria, o trigésimo quinto aniversário do rei Talif, apelidado o Louco.

Desde logo, porém, compreenderam todos que a branda loucura do rei Talif em nada prejudicava a marcha natural dos múltiplos negócios do governo. Na verdade, os atos provindos da demência do monarca eram inofensivos. Ora decretava o casamento de uma palmeira com um coqueiro, ou assinava uma lei ridícula pela qual tomava posse de uma parte da Lua, ou de uma nuvem pardacenta do céu.

Quis Alá, o Exaltado, que o inteligente plano concebido pelo talentoso grão-vizir Natuc desse o melhor resultado. O país continuou a prosperar e o povo da Índia vivia tranquilo e feliz, embora tivesse no trono um rei privado da luz da razão.

II

Um dia, afinal, inspirado talvez pelo Demônio (Alá persiga o Maligno!), resolveu o rei Talif sair do seu palácio, disfarçado em mercador, a fim de ouvir o que diziam a seu respeito os homens do povo.

Bem oculto por hábil disfarce, entrou num grande *khã*[2] onde se reuniam, à noite, viajantes, peregrinos e aventureiros, vindos de todos os cantos. Um cameleiro, que se achava a seu lado, murmurou com voz pesarosa:

— Pobre do nosso rei Talif! Depois do seu último aniversário ainda não recuperou a razão! Ainda hoje praticou nova insensatez! Concedeu o título de emir ao rio Ganges!

— Meus amigos — replicou um velho de venerável aspecto, que fumava silencioso a um canto. — Creio bem que o povo

---

[2] *Khã* — lugar onde se reúnem viajantes e mercadores.

deste país anda treslendo! Estamos diante de um dos casos mais singulares que tenho observado em minha vida. Julgam todos que o rei Talif enlouqueceu no dia em que completou trinta e cinco anos, mas exatamente o contrário sucedeu! Foi nesse dia, precisamente, que o soberano recuperou o juízo!

— Como assim? — perguntaram os mais curiosos. — Não é possível! Como explicar os disparates e as ridículas decisões do rei?

— Já observei — continuou o ancião — que os últimos atos praticados pelo rei são inofensivos e servem apenas para divertir o povo. Antes, porém, de seu último aniversário, o rei Talif só procedia como louco ditando leis que eram profundamente prejudiciais aos interesses e ao bem-estar do país!

E, ante a admiração de todos, o velho hindu continuou:

— Não se lembram daquela estrada que o rei, há dois anos, mandou abrir, pelas montanhas de Chenab? Foi isto um ato de inconcebível loucura, visto como a tal estrada, que tantos sacrifícios nos custou, lá está abandonada sem utilidade nem valor algum. E aquele grande castelo mandado erguer no meio do lago de Magdalane? Foi outro ato de insânia do nosso soberano. Na primeira cheia do lago as águas invadiram impetuosamente a ilha e derrubaram todas as obras de arte que já estavam quase concluídas!

O bom monarca, que tudo ouvia, pálido de espanto, sentia-se obrigado a reconhecer que as palavras do desconhecido eram a expressão da verdade. A estrada e o famoso castelo tinham sido, realmente, erros lamentáveis de sua administração.

— E não foi só — acrescentou ainda o velho. — Há cerca de três anos o rei Talif mandou demitir o governador de Bhavapal, homem honesto e digno, para pôr no lugar um nobre protegido, que fora sempre um sujeito desonesto e mau. Só um rei insensato é que procede assim! E mais ainda. De outra feita o rei Talif, a pretexto de aumentar o salário dos servidores do reino...

Não quis o rei Talif continuar a ouvir a análise imparcial que o velho hindu fazia de todos os erros que ele praticara. Sem proferir uma só palavra, levantou-se e saiu vagarosamente do *khã*.

"É singular e espantoso", pensava ele, enquanto vagava a esmo por vielas desertas e mal iluminadas. "É espantoso e singular o que sucedeu comigo! Creio bem que sou fraco para governar o meu povo. E no tempo em que julgava ter perfeito juízo pratiquei tantas loucuras, o que não terei feito agora que resolvi passar por demente?"

Absorto em profunda meditação, voltava o rei para o palácio quando, ao atravessar uma praça, encontrou um árabe que chorava desesperado sentado junto a uma fonte.

— Que tens, meu amigo? — perguntou-lhe o monarca. — Qual é a causa de tua grande tristeza?

O desconhecido, sem reconhecer na pessoa que o interrogava o poderoso rei da Índia, respondeu:

— Sou um infeliz, ó muçulmano! Há perto de um ano que procuro falar ao rei Talif e não consigo chegar à sala do trono nos dias de audiência pública.

— E que queres dizer ao nosso bom soberano? — insistiu curioso o rei hindu.

Respondeu o desconhecido:

— Quero transmitir-lhe uma importante mensagem que recebi há tempos de meu saudoso pai, o astrólogo Ben-Farrac!

E, como o rei quedasse pouco menos que atônito ao ouvir o nome do fatídico astrólogo, o árabe continuou:

— Pouco antes de morrer, meu pai chamou-me e disse: "Meu filho, vou contar-te uma história singular intitulada: 'O Rei Insensato'. Peço-te que repitas fielmente essa história ao rei Talif, quando o nosso monarca festejar o trigésimo quinto aniversário. Se, por qualquer motivo, não atenderes a este meu pedido, que tem unicamente por fim salvar o rei, serás mais infeliz do que o mais desprezível dos mamelucos!"[3] Eis a causa do meu desespero; não vejo um meio de chegar à presença do rei Talif, filho de Camil, e receio que a maldição paterna venha a pesar sobre mim!

Ao ouvir tais palavras, não mais se conteve o rei Talif. Arrancando, no mesmo instante, as grandes barbas postiças e a negra cabeleira que lhe alteravam completamente a fisionomia, apresentou-se ao filho do astrólogo no seu verdadeiro aspecto, e gritou-lhe enérgico e ameaçador:

— Fica sabendo, ó infeliz!, que eu sou Talif, o rei. Exijo que me contes imediatamente essa história que para transmitir-me ouviste, há tantos anos, de teu pai, o astrólogo Ben-Farrac!

O árabe, ao reconhecer naquele simples e modesto mercador a pessoa sagrada e respeitável do rei, ajoelhou-se humilde, beijou a terra entre as mãos e assim falou:

— É bem possível, ó Rei do Tempo!, que o simples conhecimento da narrativa a que me referi seja suficiente para causar graves e profundas alterações em vossa vida. Desse momento em diante, porém, os nossos destinos estão ligados por laços

---

[3]Mameluco ou *mameluj*, escravo. O plural seria *mamelik*.

inquebráveis. Tal é a sentença ditada pela sabedoria do astrólogo Ben-Farrac, meu saudoso pai. Sereis, ó glorioso Talif!, responsável pela minha vida e, mais ainda, responsável também pela vida de meus filhos e de meus amigos mais caros.

— Afirmo, sob juramento — declarou, logo, o rei —, que nada farei de mal contra ti, nem contra qualquer amigo ou parente teu!

— Agradeço-vos a inestimável garantia que as vossas palavras traduzem — retorquiu o filho do astrólogo. — Vejo-me, entretanto, forçado a exigir outro penhor e outra segurança de vossa parte.

— Que segurança é essa? — indagou nervoso o monarca aproximando-se de seu jovem interlocutor.

— O aviso que me cumpre fazer — explicou o enviado — é o seguinte: não deveis, sob pretexto algum, interromper a narrativa que, dentro de breves instantes, vou iniciar. Graves e desastrosas seriam as consequências de um gesto de impaciência ou protesto de vossa parte.

— Juro, pelas cinzas de meus antepassados — retorquiu gravemente o monarca —, que ouvirei a tua narrativa em absoluto silêncio!

— Diante dessa promessa, proferida com ânimo sincero e leal, o filho do astrólogo iniciou a seguinte narrativa:

8ª Narrativa

História surpreendente do infeliz Balchuf, que deixou o trono, a título de experiência, nas mãos de um príncipe louco.
Das Mil histórias sem fim é esta a oitava!
Lida a oitava restam, apenas, novecentas e noventa e duas...

No país de Astrabad vivia outrora um rei perverso e mau chamado Balchuf.

Não tendo filhos, era seu herdeiro um sobrinho — o príncipe Kabadiã —, moço desajuizado e turbulento que vivia a cometer toda sorte de loucuras e estroinices. Raro era o dia em que o futuro rei não praticava uma proeza qualquer.

O rei Balchuf, longe de procurar corrigir-lhe a índole arrebatada e travessa, distraía-se com suas extravagâncias e ria-se quando ouvia contar alguma nova tropelia daquele a quem já chamavam o "Príncipe Louco".

O povo de Astrabad antevia bem triste os dias que o aguardavam. Entregue a um monarca impiedoso e sanguinário, o país entraria fatalmente em completa decadência. Os estrangeiros já fugiam de Astrabad com receio das perseguições, e o comércio arrastava-se onerado e sem ânimo, coberto de impostos exorbitantes.

Um grupo de patriotas, compreendendo que aquele estado de coisas levaria todos à ruína, resolveu conspirar contra o rei, proclamar a República e entregar ao mais digno a direção do Estado.

Houve, porém, entre os oposicionistas um miserável delator que se apressou em levar ao conhecimento do rei o plano deliberado pelos conspiradores.

Enfureceu-se o soberano ao ter notícias de que alguns ricos súditos pretendiam subverter a ordem legal do país, e resolveu castigar implacavelmente os chefes daquele movimento republicano. Mandou degolar alguns, eliminando os mais influentes, desterrou outros, prendeu os suspeitos e confiscou os bens de todos os adeptos da revolução.

Esta vitória não lhe restituiu, porém, a tranquilidade que perdera. O fantasma da revolta continuava a povoar-lhe a mente, como um sonho mau.

"Uma tentativa destas", pensava, "deixa terríveis germes nos corações dos descontentes e dos vencidos. Se eu não tomar uma providência enérgica, cedo terei de dominar outra rebelião. E encontrarei, porventura, quem me avise a tempo?"

Preocupado com tais pensamentos, resolveu o rei Balchuf mostrar ao seu povo que ele não era tão ruim como os seus adversários faziam crer.

"Para isto", refletiu maldoso, "vou afastar-me durante um ano do governo e deixar meu sobrinho no trono. Tais loucuras há de ele praticar, tão frequentes serão os seus atos de tirania que quando eu voltar o povo respirará menos oprimido e verá em mim um soberano ponderado e justo."

Ora, o rei Balchuf fora informado de que o Príncipe Louco dissera várias vezes a seus amigos e companheiros que quando subisse ao poder praticaria, de início, três façanhas espantosas: uma represa das águas do rio Gurgã; a construção de um castelo subterrâneo; e a abolição do véu para as mulheres.

E, antegozando a dura lição que infligia ao país inteiro, esfregava as mãos de contente:

"O primeiro ato de meu tresloucado sobrinho levará o país às portas da miséria; o segundo à ruína completa; e o terceiro à revolução religiosa e à guerra civil!"

E resolvido a pôr em execução, sem mais delongas, o plano diabólico, o rei Balchuf assinou um decreto em virtude do qual seu sobrinho Kabadiã o substituiria no governo pelo espaço de um ano. Ele — o rei — iria, durante esse tempo, fazer uma visita ao seu velho amigo Iezide II, sultão do Hajar.

Foi com verdadeiro pavor que o povo de Astrabad recebeu a nova da viagem do rei e a consequente ocupação temporária do trono pelo Príncipe Louco.

Partiu o rei Balchuf resolvido a regressar dentro do prazo marcado. Preso, entretanto, por uma grave e prolongada enfermidade no longínquo país de Hajar, não pôde voltar senão quatro anos depois.

Chegado a Astrabad, depois de tão longa ausência, notou que os seus domínios haviam progredido extraordinariamente. Um vizir que por ordem do governo veio esperá-lo na fronteira disse-lhe, sem mais preâmbulos:

— Penso que Vossa Majestade não deve tentar reassumir o trono, pois o povo poderia revoltar-se e massacrá-lo.

— Como assim? — exclamou o rei. — Será possível que meus súditos prefiram ser governados pelo Príncipe Louco a ter-me no trono?

— Peço humildemente perdão a Vossa Majestade — recalcitrou o vizir. — Devo asseverar, porém, que Vossa Majestade está completamente equivocado. O príncipe Kabadiã está governando admiravelmente o país. Até hoje, não havíamos encontrado um chefe de Estado de mais ampla visão e sabedoria!

— É incrível! — protestou o rei. — E a represa do rio Gurgã? E o palácio subterrâneo? E a célebre abolição do véu feminino? Não teria o príncipe praticado nenhuma dessas tão prometidas loucuras.

O vizir explicou, então, ao rei Balchuf que tudo isso e muito mais havia feito o príncipe. A represa do rio Gurgã fora de consequências magníficas, pois as águas espalharam-se pelas terras vizinhas, fertilizando-as e tornando-as mui aperfeiçoadas à agricultura, que logo se desenvolveu; o palácio subterrâneo, depois de construído, tornou-se grande atrativo, e milhares de forasteiros visitaram a capital unicamente para admirar essa nova maravilha, o que para o comércio de Astrabad fora manancial de grandes lucros, e para o país fonte de gerais prosperidades. A abolição do véu feminino fora outra medida de alcance admirável. As raparigas passaram a andar com o rosto descoberto: abandonaram a ociosidade dos haréns e puderam trabalhar livremente não só nos bazares como nas pequenas indústrias. Uma vez condenado o véu, teve o príncipe ocasião de observar que suas jovens patrícias eram belíssimas e resolveu casar-se. Escolheu para esposa uma menina, formosa e inteligente, filha de um grande sábio. A nova princesa exerceu tão boa influência sobre o gênio de seu jovem esposo que o transformou radicalmente. Aconselhado pela fiel e dedicada companheira, o príncipe escolheu bons ministros, esforçados auxiliares, e, bem guiado e melhor secundado, soube modificar bastante o seu gênio irrequieto e impulsivo. Até então não assinara uma única sentença de morte, nem mandara confiscar os bens de nenhum cidadão.

Ao ouvir tão assombrosas revelações, o rei Balchuf ficou pasmado e percebeu que havia perdido para sempre o direito ao trono; jamais poderia ele contar com o apoio de suas tropas ou com a antiga submissão de seu povo.

— Insensato fui eu — confessou ele ao vizir. — Insensato, pois não soube governar o meu povo como ele merecia! Insensato em escolher maus ministros e péssimos conselheiros! Louco era eu quando premiava os vis delatores e perseguia os bons patriotas!

— Agora é tarde para arrependimentos, ó rei — retorquiu com impaciência o vizir. — Volte Vossa Majestade para o país de Hajar e procure acabar lá sossegado os seus dias, que o povo de minha terra não poderá suportá-lo mais!

E, tendo pronunciado tão ásperas palavras, o vizir afastou-se com a sua aparatosa comitiva, deixando o infeliz rei abandonado na estrada, como se fosse um camelo moribundo.

Sentindo-se perdido e sem forças para reconquistar o trono de seus avós, sentou-se o rei Balchuf, tomado de indizível tristeza, numa pedra à margem da estrada, e pôs-se a meditar nos espantosos erros de seu passado e na dolorosa expectativa que lhe oferecia o futuro.

— A morte — exclamou — é para o vencido o caminho mais seguro da reabilitação e do descanso. Devo, pois, morrer!

Um xeque desconhecido que passava no momento pela estrada, acompanhado de seus servos, ao ouvir as palavras de desespero do rei Balchuf, parou o camelo em que ia e assim falou:

— Ó desassisado viandante! Por que te pões, para aí, como um louco, a falar em morrer quando, graças a Deus, há na vida remédio para todos os males? Vem comigo, pois estou certo de que acharei solução para o teu caso!

Vamos olhar, apenas, o lado belo e puro
Das coisas que circundam este mundo,
Deixando à margem, voluntariamente,
Ideias más que vivem no inconsciente
Como rainhas nefastas do escuro.[1]

— Continua, meu amigo, a tua jornada — redarguiu secamente o rei. — O abismo que se acha diante de mim é intransponível! O problema do meu destino é inexplicável; os versos não me trazem alívio; os conselhos e advertências são, agora, para mim inúteis; os auxílios materiais nada poderão

---

[1] Versos do livro *Angústia dos Séculos*, de Adroaldo Barbosa Lima.

adiantar. Só a morte será capaz de tirar-me da negra situação em que me encontro.

— Estás enganado — contraveio o desconhecido. — Não sei ainda qual é a angústia que pesa sobre teus ombros; ignoro quais são os males que afligem a tua existência. Asseguro-te, porém, que já estive em situação muito pior do que a tua e que logrei salvação precisamente no momento em que decidira morrer. É preciso que a esperança exista sempre em nosso coração. Bem disse o poeta:

> *Esperança, ventura da desgraça, trecho puro do céu sorrindo*
> *às almas, na floresta de angústias e incertezas.*[2]

"E por que não crês, ó irmão dos árabes!, na esperança? Serve a esperança de lenitivo para as dores mais torturantes e de bálsamo para as tristezas."

> *Só a leve esperança, em toda a vida,*
> *disfarça a pena de viver, mais nada:*
> *nem é mais a existência resumida,*
> *que uma grande esperança malograda!*[3]

O xeque do deserto, vendo que o rei continuava taciturno e infeliz, disse-lhe:

— Ouve a história de minha vida e verás se eu tenho ou não razão para confiar no futuro e exaltar a esperança.

E narrou a seguinte e singular história:

---

[2]Versos de Aníbal Teófilo.
[3]Do soneto "Velho Tema", de Vicente de Carvalho.

9ª Narrativa

*História singular de um turbante cinzento e a estranha
aventura de um enforcado. O encontro inesperado que
teve o herói do conto com uma jovem que chorava
no meio de uma grande floresta.
Das* Mil histórias sem fim *é esta a nona!
Lida a nona restam, apenas, novecentas e
noventa e uma.*

Meu nome é Sind Mathusa. Poucos homens têm havido, na Índia, mais ricos do que meu pai e não sei de um só que o excedesse em inteligência, bondade e prudência.

Sentindo-se, certa vez, assaltado de grave enfermidade, e na certeza de que os dias que lhe restavam na vida podiam ser contados pelos dedos da mão, meu pai chamou-me para junto de seu leito e disse-me:

— Escuta, ó jovem desmiolado! Atenta bem no que te vou dizer. És pela lei o herdeiro único de todos os bens que possuo. Com o ouro que te vou deixar poderias viver regaladamente, como um rajá, durante duzentos anos, se a tanto quisessem os deuses prolongar a tua louca e inútil existência. Como sei, porém, que és fraco para resistir aos vícios, e forte em seguir os maus exemplos, tenho a triste certeza de que muito mal empregarás a riqueza que vai em breve cair-te nas mãos.

Quero, assim, fazer-te agora um pedido: se for atendido morrerei tranquilo e não levarei para a vida futura o tormento de uma angústia.

— Dizei-me, meu pai — respondi —, qual é o teu desejo. Quero ser mais repelente do que um chacal se deixar de cumprir a tua vontade!

— Meu filho, quero arrancar de ti um juramento. Vês aquele turbante cinzento que ali está? Vais jurar pela imaculada pureza dos ídolos e pelas asas de Vichnu[1] que se algum dia te sentires desonrado procurarás imediatamente a reabilitação que a morte concede aos infelizes, enforcando-te naquele turbante!

Fiz, sem hesitar, a vontade ao enfermo. Jurei pelos ídolos e pelos complicados deuses da Índia que se me visse, no futuro, ferido pela mácula da desonra, procuraria a morte ao enforcar-me no turbante cor de cinza.

Passados dois ou três dias, meu pai, fechando os olhos para a vida, integrou-se no Nirvana. Vi-me, de um momento para

---

[1] Uma das muitas formas que os hindus atribuem às divindades. Vichnu é representado por dez formas diferentes. (B. A. B.)

o outro, senhor de inúmeras propriedades, das quais auferia uma renda que chegava a causar inveja e insônia ao orgulhoso xá da nossa província. Passei a ostentar uma vida de luxo e dissipações; rodeavam-me, dia e noite, falsos amigos e bajuladores da pior casta que me induziam a praticar toda a sorte de leviandades e loucuras.

Uma noite, tendo reunido em minha casa, como habitualmente o fazia, em grande festa, vários e divertidos companheiros da nossa laia, um deles chamado Ishame, que adquirira considerável riqueza vendendo camelos e elefantes, convidou-me para uma partida de jogo de dados. A princípio a sorte me foi favorável; cheguei a ganhar num golpe o meu peso em marfim. Cedo, porém, perseguido por uma triste fatalidade, entrei a perder e os meus prejuízos excederam de mais de cem vezes o lucro inicial. Com a esperança de recuperar o dinheiro perdido redobrei as paradas. Perdi novamente. Na progressiva loucura do jogo, já alucinado, arrisquei nos azares da sorte as minhas joias, escravos e propriedades. Mais uma vez perdi, e ao nascer do sol sobre o Ganges nada mais me restava da herança de meu pai. Na certeza de que poderia contar com a generosidade e auxílio daqueles que me rodeavam, fiz, com a garantia da minha palavra, uma grande dívida de honra, ao perder a última partida. Procurei um jovem brâmane, filho de opulenta família e que sempre vivera a meu lado, no tempo da fartura, e pedi-lhe que me emprestasse algum dinheiro.

— Meu caro Sind — disse-me o brâmane conduzindo-me para o interior de sua rica vivenda —, chegas em péssima ocasião. Fui obrigado a enviar ontem, para resgatar uma dívida de meu pai, cerca de duas mil rupias para Benares. Encontro-me inteiramente desprevenido. Lamento, portanto, não poder servir a um amigo tão querido.

Olhei para as pratarias que se amontoavam por todos os recantos de sua casa. Havia narguilés riquíssimos e bandejas com inscrições que deviam valer alguns milhares.

— Nada disso é nosso — acudiu logo o brâmane, apontando para os adornos e enfeites. — É desejo de meu pai casar minhas irmãs com homens de boa casta, e para atrair os pretendentes alugou toda essa prata e esses tapetes bordados a ouro. Todos acreditam, desse modo, que somos ricos e que vivemos na fartura e na opulência.

Irritado com o cinismo daquele falso amigo, disse-lhe com calculada frieza:

— Bem sabes que sou descendente de nobres e que meus avós pertenciam à mais alta linhagem da Índia. Declaro, pois, que para fugir da situação em que me encontro, estou disposto a casar com uma jovem fina e educada. Peço, pois, a tua irmã mais moça em casamento.

Sorriu o brâmane:

— Pedes em casamento uma jovem que não conheces e que talvez não te aceite para esposo. Em nossa família os casamentos não são ditados pelos interesses pessoais; a mulher deve ser ouvida e suas inclinações pessoais levadas em linha de conta. Se desejas pagar dívidas de jogo com o dote de minha irmã mais moça, sinto dizer-te que estás equivocado, jamais aceitaria, como cunhado, um homem que se arruinou em consequência de uma vida desregrada e pecaminosa!

E, conduzindo-me até a porta de seu palácio, empurrou-me delicadamente para a rua.

Apesar desse péssimo acolhimento, não desanimei. Fui ter à casa em que morava um mercador chamado Meting, que era assíduo frequentador de minha mesa. De mim havia Meting recebido inúmeros obséquios e finezas, e muito dinheiro para ele eu perdera no jogo.

— Que desejas de mim? — perguntou-me. Disse-lhe que precisava de pequeno auxílio.

— Julgas que eu sou algum imbecil da tua espécie? — respondeu-me. — De mim não terás nem um *thalung*[2] de cobre!

Desesperado, vendo-me repudiado por todos, e sem recursos para pagar o imenso débito que contraíra, abandonei o palácio e fui ter a um grande bosque nas vizinhanças da cidade. Era meu intento cumprir o juramento que formulara junto ao leito de meu pai.

Escolhi, portanto, entre muitas, uma belíssima árvore. Subi pelo nodoso tronco, sentei-me em um dos galhos mais altos, desenrolei o longo e belo turbante cor de cinza, amarrei uma das suas extremidades em outro galho que estava a meu alcance e fiz na outra extremidade um laço seguro em torno do pescoço. Todos esses preparativos trágicos executei-os com a maior calma, sentindo, embora, o coração opresso pela mais imensa tristeza.

Já ia deixar cair o corpo no espaço, quando, ao reforçar o laço fatal que me estrangularia, notei que havia na ponta do turbante, por dentro, qualquer coisa de muito resistente. Que seria? Na esperança louca de encontrar ali qualquer coisa que me pudesse salvar, rasguei o turbante. Embora pareça incrível,

---

[2]*Thalung* — moeda de ínfimo valor.

senhor, devo contar: de dentro dele retirei uma carta de meu pai redigida nos seguintes termos:

> *Estás desligado do teu juramento. Vai à casa de Kashiã, o tecelão, e pede-lhe a caixa de areia. Quem se salva por um milagre da desonra e da morte deve evitar o erro e procurar o caminho reto da vida.*

Ébrio de alegria saltei da árvore e quase a correr fui ter à choupana onde morava o pobre Kashiã, apelidado "o tecelão"; recebi das mãos desse pobre homem a lembrança que meu pai ali deixara para me ser entregue.

Ao abrir a misteriosa caixa quase desmaiei, tão grande foi o meu assombro. Estava repleta de brilhantes, pérolas e rubis — alguns dos quais valiam mais que as coroas dos príncipes hindus.

Possuidor de tão grande riqueza, não soube dominar a tensão de que fui presa e chorei. Lembrei-me de meu bom pai, sempre generoso e prudente, que ao prever a minha desgraça usara daquele artifício para salvar-me. Era evidente que eu só poderia obter a caixa com auxílio da carta, e a existência desta só chegaria ao meu conhecimento se o turbante fosse por mim próprio desmanchado.

Como louco que se salva de um abismo ao fundo do qual se atirara, assim me vi naquele momento. Depois de lançar aos pés do velho Kashiã um punhado de preciosas gemas, tomei a caixa e encaminhei-me para a cidade. Era minha intenção pagar todas as minhas dívidas e readquirir as minhas antigas propriedades. Quis, porém, a fatalidade que tal não acontecesse.

Ao atravessar um pequeno e sombrio bosque nas margens do Elir, encontrei sentada sob uma grande árvore uma jovem de deslumbrante formosura. Os seus olhos azuis tinham um pouco do céu da Índia com os reflexos mais verdes do mar de Omã. As faces eram como as da terceira deusa do templo de Yhamã. Os lábios da linda criatura tinham um encanto a que talvez não pudesse resistir o faquir mais puro e mais santo da terra. Com essas comparações não exagero a beleza da desconhecida; ao contrário, fico muito aquém da verdade.

A jovem chorava. Os seus soluços vibravam em ondas de indizível angústia.

— Que tens, ó jovem? — perguntei-lhe carinhoso, aproximando-me dela. — Qual é o motivo do teu pranto? Se para o teu mal há remédio, dentro dos recursos humanos, certo estou de que saberei livrar-te de qualquer desgosto!

Isso eu dizia tendo sob um dos braços a preciosa caixa, cheia de cintilantes pedras que me dariam ouro, fama e poderio.

Sem interromper o seu copioso pranto, a jovem olhou com surpresa para mim, segurou com os lábios o belo manto de seda que lhe caía sobre os ombros, e, puxando-o para o lado, deixou a descoberto o colo e os braços mais alvos, ambos, do que as penas das garças sagradas de Hamadã.

Recuei horrorizado. A infeliz tinha as duas mãos cortadas junto aos pulsos!

— Ó desditosa criatura! — exclamei, a alma oprimida pela maior angústia. — Qual foi o bárbaro autor de tamanha crueldade? Conta-me a causa de tua desgraça, e fica certa de que poderás armar o meu braço com o ódio que a vingança te souber inspirar.

A desditosa jovem, entre soluços, narrou-me o seguinte:

10ª Narrativa

*História da filha mais moça do rei Ikamor, apelidada
"A Noiva de Mafoma".
Das Mil histórias sem fim é esta a décima!
Lida a décima restam, apenas, novecentas e noventa...*

I

Das três filhas do rei Ikamor era eu a mais moça e devo dizer — sem pecar contra a modéstia — que minhas irmãs não levavam sobre mim vantagem alguma no tocante a graças e encantos pessoais.

Monótonos e suavemente decorreram os primeiros anos de minha existência. Sem grandes alegrias — é verdade — mas também sem tristezas que abatem e afligem. Vivia fechada no rico e imenso serralho[1] real de Candahar, verdadeira fortaleza, onde meu pai, rei do Afeganistão, conservava não só a mim e minhas irmãs, como também suas esposas, em absoluta reclusão, conforme o tradicional costume do país.

Para o nosso serviço poderíamos dispor de várias e dedicadas escravas, muito embora os nossos passos fossem dia e noite vigiados por um grupo de guardas, vingativos e intrigantes, que à menor suspeita nos levavam ao terrível Abdalis — o chefe —, sujeito impiedoso que tinha autorização para punir-nos e até infligir-nos castigos corporais!

Abdalis (infame criatura!) era a personificação da perversidade; quando a sombra de sua agigantada figura aparecia no longo corredor, as mulheres de Candahar ficavam pálidas, em silêncio, e encolhiam-se sobre as almofadas, trêmulas de pavor.

Precisamente no dia em que eu completava dezesseis anos, meu pai viu-se obrigado a iniciar uma guerra de vida e morte contra o famoso xá Zemã, o Vingativo, que se dizia pretendente ao trono de Ikamor.

Para que uma derrota em tal campanha não trouxesse como consequência a ruína e a devastação do país, meu pai, que de poucos recursos militares podia dispor nessa época, achou que seria prudente e indispensável fazer uma aliança com o rei Barasky, soberano de Beluchistão.

Esse odiento monarca forçou-o a assinar um tratado no qual fez incluir algumas exigências vexatórias para os afegãos.

---

[1]Serralho — palácio. Uma das partes do serralho é o *harém*; é constituído pelas salas e quartos destinados às mulheres.

Entre essas, uma havia menos absurda do que insultuosa: era eu obrigada a aceitar como esposo o indigno aliado do meu país!

Seja Alá testemunha da verdade do que vou dizer. Não conhecia o tal rei Barasky; ouvira, porém, de uma velha escrava persa vários e minuciosos informes que me levaram a concluir que ele devia ser, como o ignóbil Abdalis, velho, feíssimo, excessivamente gordo e mau.

Como aceitar um noivo cuja simples evocação a minha alma repelia horrorizada?

Implorei chorosa a proteção e o auxílio do velho Kattack, o astrólogo, único homem que tinha permissão para entrar (quando acompanhado por um guarda) no harém de Candahar.

O bondoso Kattack disse-me:

— Ó minha infeliz princesa! Bem negro é o vosso destino! Deixai-me ler nos astros a vossa sorte, sem o que nada poderei fazer.

Tais palavras encheram-me de esperanças o coração. Eu bem sabia que o meu venerável amigo era exímio em ler no céu os mistérios que os astros escrevem à noite com a luz que colhem durante o dia do infinito.

Dias depois meu pai procurou-me. Vinha agitado, nervoso, impaciente, e parecia que em seu espírito se digladiavam as mais desencontradas preocupações.

— Minha filha — disse-me, afagando-me carinhoso o rosto. — Sinto dizer-te que o casamento com o rei Barasky é impossível! O sábio Kattack acaba de ler no céu graves revelações a teu respeito!

— Dize, meu pai — implorei. — Que nova desgraça paira sobre mim?

— Desgraça? Longe de nós tal palavra! O teu futuro sorri a salvo de qualquer infortúnio. Bem sabes que, segundo uma velha lenda árabe, de cem em cem anos o profeta Mafoma (com Ele a oração e a paz) desce à terra a fim de escolher uma noiva entre as jovens mais formosas. Aquela que tem a felicidade de agradar ao Profeta é incluída no número das mulheres perfeitas[2] e só poderá casar com um homem qualquer se ao fim de três anos e onze dias o Profeta (a paz sobre Ele!) não vier buscá-la.

— Ó meu pai — balbuciei desolada. — Custa-me acreditar que seja verdadeira tão espantosa revelação celeste. Como poderia eu, feia e pouco gentil, despertar a atenção do Profeta de Alá?

A tais palavras, tão despidas de sinceridade, retorquiu meu pai:

— No que respeita aos teus dotes físicos, faltas pecaminosamente à verdade. A tua deslumbrante formosura é reconhecida e proclamada pelas filhas de meu tio.[3] Devo-te, porém, um aviso para o qual o prudente Kattack me chamou especialmente a atenção. Se durante o prazo de três anos e onze dias, por uma fraqueza de tua parte, traíres o voto de fidelidade ao Profeta, sofrerás um castigo terrível: terás amputadas ambas as mãos!

— Tranquiliza-te, meu pai — respondi. — Eleita do Profeta, ser-lhe-ei fiel não durante esse ridículo prazo de três anos e onze dias, mas durante meio século!

E terminei por declarar, com uma segurança que até a mim própria causou espanto:

— Se o Profeta não me vier buscar, ficarei solteira toda a vida!

II

A situação especial de ser noiva do Profeta facultava-me regalias excepcionais no serralho. Era-me permitido subir sozinha ao terraço, não só pela manhã, como a qualquer hora

---

[2]As mulheres "perfeitas" são em número de cinco e todas aparecem citadas no Alcorão.
[3]Maneira pela qual os árabes tratam as esposas.

do dia ou da noite; e, acompanhada de uma escrava, tinha a liberdade de passear pelos jardins de Candahar, depois da última prece.

As outras mulheres do harém deitavam sobre mim olhares terríveis a que a inveja emprestava colorações estranhas.

Devo dizer, com sinceridade, que nunca dera crédito a essa lenda do noivado com Mafoma. Desconfiei desde logo — e mais tarde certifiquei-me da exatidão de tal desconfiança — que não passava o caso de um original artifício de que o ardiloso Kattack lançara mão para livrar-me do rei Barasky.

O bom astrólogo não tardou em fazer-me, a respeito, completas confidências:

— Minha linda princesa — disse-me uma noite, quando cavaqueávamos a sós no jardim —, bem sabeis que abusei da boa-fé do vosso pai, o rei Ikamor, fazendo-o acreditar nessas absurdas núpcias com o Profeta. Mas, se assim procedi, mereço perdão, dado o fim nobre que tinha em vista: queria livrar-vos das garras de um homem devasso e cruel! Passado, porém, o prazo de três anos e onze dias, a guerra estará terminada e o rei Ikamor, livre das exigências desse aliado indesejável, poderá repelir qualquer proposta menos digna que vise à tua mão.

E, assim conversando, chegamos juntos a um poço onde nadavam muitos peixes vermelhos.

— Que lindos peixes! — exclamei.

— Já conheceis, ó princesa! — perguntou-me o astrólogo —, a famosa lenda que explica a origem dos peixes vermelhos?

Respondi-lhe que não e que muito folgaria em ouvi-la.

O sábio Kattack contou-me então o seguinte:

11ª Narrativa

Lenda dos peixes vermelhos — contada, nos jardins de Candahar, pelo astrólogo do rei à "Noiva de Mafoma". Das Mil histórias sem fim *é esta a décima primeira! Lida a décima primeira restam, apenas, novecentas e oitenta e nove...*

Alguém já vos disse, princesa, que o famoso rio Eufrates — cujas águas são mais vagarosas do que as caravanas do deserto — banha durante o seu longo e sinuoso curso a pequenina aldeia de Hit — hoje quase em ruínas —, outrora residência favorita dos príncipes do Islã.

Já vos contaram, também, senhora, que nessa aldeia de Hit vivia um humilde casal de pescadores árabes. Eram tão pobres que mal ganhavam num dia a tâmara e o pão com que se alimentavam no dia seguinte.

Não me recordo, senhora, do que escreveram a respeito os sábios e poetas muçulmanos desse tempo; não ignorais, porém, com certeza, que os pescadores de Hit — que figuram nesta lenda — tinham uma filha cujo nome deveis guardar para sempre na memória: chamava-se Radiá. Essa encantadora criatura reunia as três feições que faziam a glória de Fátima, a filha de Mafoma: a beleza que deslumbra; a bondade que atrai; e a simpatia que vence e domina os corações! Atentai, senhora, que Radiá era tão boa e de alma tão simples que muitas vezes quando via o pai aproximar-se do rio, levando a pesada rede, atirava à água várias pedras com o fim de afugentar para bem longe os peixes imprudentes.

— Ó menina — murmurava bondoso o paciente pescador —, se fizeres fugir todos os peixes eu nada mais poderei pescar!

Conta-se, ainda, que um dia Radiá, ao regressar de um passeio, encontrou casualmente vazia a mísera cabana em que morava: o pai tinha ido comprar tâmaras e mel num oásis próximo, e a mãe fora ao rio encher um cântaro de água.

Notou Radiá que o fogo estava aceso e que haviam sido deixados, a fritar, numa panela de barro, alguns peixes apanhados ao nascer do dia.

— Pobres peixinhos! — murmurou aflita a boa menina. — Que tortura estarão eles sofrendo! Vou tentar salvá-los ainda!

E arrebatando a panela que fumegava, correu para o rio e despejou nas ondas do grande Eufrates os peixes com que ia ser preparada, naquele dia, a ceia dos pescadores, sua própria ceia!

Alá, como deveis saber, é infinitamente justo e clemente. Qualquer ato bom e puro tem de Deus uma recompensa dez vezes maior — assim nos ensina o Alcorão, na sua eterna e incriada sabedoria.

Eis, portanto, senhora, o que aconteceu: por um milagre do Onipotente, os peixes, já avermelhados pelo fogo, foram novamente restituídos à vida e saíram a nadar, perfeitos, no seio profundo das águas.

Desses peixinhos, ó formosa sultana!, que a linda menina de Hit atirou ao rio — e que conservaram, pela vontade de Alá, a cor que o fogo lhes imprimira — nasceram os curiosos peixes vermelhos, enlevo dos ricos aquários.

12ª Narrativa

*Continuação da história da filha mais moça
do rei Ikamor, apelidada "A Noiva de Mafoma".
Como as esposas do rei planejaram a morte do
homem que as vigiava e o que depois sucedeu.
Das Mil histórias sem fim é esta a décima segunda!
Lida a décima segunda restam, apenas,
novecentas e oitenta e oito...*

Uma noite, o velho Kattack veio ter comigo e disse-me em voz baixa, com infinita cautela:

— Estou informado, princesa, de que as esposas do rei Ikamor conspiram contra a vida de Abdalis, o guarda, que será envenenado amanhã ou depois. Não posso prever as consequências desse crime; certo estou, entretanto, de que as criminosas têm também intenções perversas a vosso respeito.

Aquela grave denúncia caía sobre mim como o simum do deserto sobre o viajante desprevenido. Tão grande foi o meu espanto que fiquei muda, estarrecida, diante do astrólogo.

— Para completa segurança, princesa, vou revelar-vos um segredo. Há uma passagem subterrânea secreta que liga Candahar à gruta de Telix. Vou ensinar-vos esse caminho, de cuja existência nem mesmo o rei tem conhecimento, para que possais fugir daqui em caso de perigo!

Não eram infundadas as suspeitas do velho Kattack. Passados dois ou três dias achava-me, ao cair da noite, em meu aposento, quando ouvi vozes e gritos desencontrados. Um guarda, chamado Zeieb, dominando a gritaria, vociferava:

— Abdalis morreu! Mulheres, ao *hamã*![1]

Aquela ordem, vinda de um homem de cujos maus sentimentos não se podia duvidar, obrigou-me a tomar uma resolução extrema, fugir o mais depressa possível.

Procurei, sem perda de tempo, alcançar o subterrâneo secreto e por ele caminhei corajosamente, no meio da mais completa escuridão.

Momentos depois achei-me em liberdade no meio de um dos grandes parques que circundavam Candahar.

A princípio embriagou-me a liberdade; cedo, porém, encarando com serenidade a situação, compreendi que jamais correra tanto perigo como naquele momento, perdida, sozinha, no meio daquele bosque tenebroso.

Quando meditava sobre uma resolução a tomar em tal emer-

---

[1]*Hamã* — sala de banhos.

gência, ouvi vozes de homens que se aproximavam. Um deles trazia na mão uma lanterna. Escondi-me rapidamente atrás de uma grande árvore e, confiante no destino, aguardei os acontecimentos.

A luz da lanterna permitiu-me que reconhecesse um dos caminhantes noturnos. Era o astrólogo Kattack, meu velho amigo e confidente. O outro era um jovem de fisionomia atraente, mas que parecia abatido por uma grande tristeza.

A dois passos do lugar que me servia de esconderijo, os dois pararam.

O sábio Kattack disse então ao moço, que eu soube, mais tarde, ser seu filho:

— Breve estarás casado com aquela que todos julgam noiva de Mafoma. Só conseguirás, porém, recursos para o teu casamento se obtiveres a vitória no grande concurso de poesias promovido pelo rei Barasky.

— Como poderei vencer todos os poetas da corte? — objetou o moço com voz triste e cheia de desânimo.

— É muito simples, meu filho — tornou o astrólogo. — Logo que chegares diante do trono, dirás ao vaidoso Barasky os versos famosos com que Ibraim Ben-Sofian, o poeta, derrotou o célebre rei Senedin, do Laristã.

Depois de uma ligeira pausa, o astrólogo prosseguiu com tranquila segurança:

— Não deves, meu filho, temer o futuro nem afligir o coração com as torturas da incerteza. Lembra-te do que disse um poeta:

Só quem um dia desolado vir
Seu ideal mais puro derrubado.
Só quem a ventura já sentiu,
Sentiu-a sem jamais ter blasfemado:

Quem conheceu a dor, algumas vezes,
E o desespero e o sofrimento mudo;
Só quem fugiu da vida muitos meses,
E afastou-se da vida e assim de tudo,
... e quem, depois, voltou de novo à vida
purificado em sua própria dor!
— só esse pode, de alma comovida,
amar a vida com imenso amor![2]

Certo estou de que os versos de Ben-Sofian garantirão a tua vitória no concurso.

O jovem indagou com viva curiosidade:

— Que versos são esses, meu pai? Respondeu o prudente astrólogo:

— Para que possas compreender os versos mais assombrosos do mundo, é preciso que conheças as origens deles. Vou contar-te um dos casos mais surpreendentes da nossa História.

E tem sempre presente, em teu pensamento, para teu conforto, as admiráveis palavras:

Esperança tão fingida
de me enganar não se cansa...
Ai, porém, de minha vida.
Se não houvesse Esperança...[3]

E, a seguir, o honrado ulemá narrou a singular história que ouvi emocionada e curiosa:

---

[2]Versos de Luís Otávio, em "Saudade... Muita Saudade!..."
[3]Luís Otávio, ob. cit.

13ª Narrativa

*História de um rei e de um poeta que gostava da
filha do rei. De que estratagema usava o monarca
para desiludir os pretendentes à mão de sua
filha. Como conseguiu o poeta vencer a
teimosia do pai de sua amada.
Das Mil histórias sem fim é esta a décima terceira!
Lida a décima terceira restam, apenas,
novecentas e oitenta e sete...*

I

Em Laristã, na Pérsia, reinava, há muitos séculos, um monarca famoso e rico chamado Senedin.

Esse rei (Alá se compadeça dele!) era dotado de uma memória tão perfeita que repetia, sem discrepância da menor palavra, o pensamento, em prosa ou verso, que ouvisse uma só vez. Essa prodigiosa faculdade do soberano os súditos de Laristã ignoravam completamente.

O rei Senedin tinha um escravo, chamado Malik, igualmente possuidor de invulgar talento. Esse escravo era capaz de repetir, sem hesitar, a frase, o verso ou o pensamento que ouvisse duas vezes.

Além desse escravo, o poderoso senhor do Laristã tinha também uma escrava não menos inteligente. Leila — assim se chamava ela — podia repetir, facilmente, a página em prosa ou em verso que tivesse ouvido três vezes.

Quis a vontade de Alá (seja o Seu nome exaltado!) que o rei Senedin tivesse uma filha de peregrina formosura. Segundo os poetas e escritores do tempo, a princesa do Laristã era mais sedutora do que a quarta lua que brilha no mês do Ramadã.[1]

Embora vivesse fechada no harém do palácio real, entre escravos que a vigiavam, a fama da encantadora Roxana se espalhou pelo país, atravessou os desertos, transpôs as fronteiras e foi ter aos reinos vizinhos.

Vários príncipes e xeques poderosos vieram a Laristã pedir a formosa princesa em casamento.

O rei Senedin era pai extremoso; tinha pela filha enternecido afeto, e não queria, portanto, separar-se dela, o que fatalmente aconteceria se a jovem e encantadora criatura casasse com um príncipe estrangeiro da Arábia, da Síria ou da China.

---

[1]Ramadã — mês da quaresma muçulmana. Durante esse mês (28 dias) o jejum é obrigatório desde as primeiras horas do dia até o cair da noite.

Negar, porém, sistematicamente a todos os numerosos pretendentes era um proceder que não convinha à boa política diplomática do Laristã. Na verdade, alguns apaixonados de Roxana eram abastados e poderosos, e faziam-se acompanhar de cortejos tão pomposos e tão bem armados, que menos pareciam caravanas do que exércitos!

À vista de tão respeitáveis e valorosos pretendentes — que uma recusa formal poderia ferir ou melindrar — declarou o rei Senedin que só daria a sua filha em casamento àquele que fosse capaz de recitar, diante dele, uma poesia inédita, desconhecida e original!

Curiosíssimo foi esse certame que agitou durante muito tempo a população inteira do velho país do Islã.

Apresentou-se, em primeiro lugar, o famoso Al-Tamini Ben-Mansul, príncipe de Tlemcen, moço de grande talento, que podia perfilar entre os mais eruditos de seu tempo.

O príncipe Al-Tamini recitou, diante do rei, uma bela e inspirada poesia intitulada "A Estrela", que havia feito em louvor da princesa:

Vi uma estrela tão alta,
Vi uma estrela tão fria!
Vi uma estrela luzindo
Na minha vida vazia.

Era uma estrela tão fria!
Era uma estrela tão alta.
Era uma estrela sozinha
Luzindo no fim do dia.

Por que de sua distância
Para a minha companhia
Não baixava aquela estrela?
Por que tão alto luzia?

Eu ouvi-a na sombra funda
Responder-me que assim fazia
Para dar uma esperança
Mais triste ao fim do meu dia.[2]

Ouviu o rei, com grande atenção, a poesia inteira. Mal, porém, o príncipe Al-Tamini havia recitado o último verso, o inteligente monarca observou num tom em que a naturalidade aparecia sob a máscara da ironia:

— É realmente bela e benfeita essa poesia, ó príncipe! Infelizmente, porém, nada tem de original! Conheço-a, já há muito tempo e sou até capaz de repeti-la de cor!

E o rei repetiu pausadamente, sem hesitar, a poesia inteira, sem enganar-se numa sílaba.

O príncipe, que não podia disfarçar a sua imensa surpresa, observou respeitoso:

— Podeis crer, Vossa Majestade, que há forçosamente, nesse caso, um engano qualquer. Tenho absoluta certeza de que essa poesia é inédita e original. Escrevi-a faz dois ou três dias apenas! Juro que digo a verdade, pela memória de Mafoma, o santo profeta de Deus!

---

[2] De Manuel Bandeira, *Poesias Completas* (pág. 167).

— *El hâ morr!*[3] — exclamou o rei. — Há coincidências que perturbam e desorientam os mais prevenidos! Muitas vezes uma poesia que julgamos nova e completamente original já foi escrita, cem anos antes de Mafoma, por Tarafa ou Antar! Quer ter agora mesmo, ó príncipe!, uma prova do que afirmo? Vou chamar um escravo do palácio que talvez já conheça, também, essa poesia.

— Malik!

O escravo que tudo ouvira, escondido cautelosamente atrás de um reposteiro, surgiu, inclinou-se respeitosamente diante do rei, beijando a terra entre as mãos.

— Dize-me, ó Malik!, se não conheces, por acaso, uma ode formosa e popular, cheia de imagens, na qual um poeta beduíno canta uma estrela que luzia no fim do dia?

— Conheço muito bem essa belíssima ode, ó rei dos reis!

O escravo, que já tinha ouvido a poesia duas vezes, repetiu-lhe todos os versos, com absoluta segurança:

> *Vi uma estrela tão alta.*
> *Vi uma estrela tão fria!*
> *Vi uma estrela luzindo*
> *Na minha vida vazia.*
> ....
> ....
> ....

Em seguida o rei mandou que viesse a sua presença a escrava Leila, que se conservara também escondida em discreto recanto do salão.

---
[3]Expressão citada sob a forma de provérbio: "A verdade é amarga!"

A esperta rapariga, que três vezes ouvira a poesia do apaixonado príncipe, sendo interrogada, repetiu por seu turno todos os versos do príncipe, do princípio ao fim, com fidelidade impecável:

> *Vi uma estrela tão alta,*
> *Vi uma estrela tão fria!*
> *Vi uma estrela luzindo*
> *Na minha vida vazia.*
> ....
> ....
> ....

Diante de provas tão seguras e evidentes retirou-se humilhado o rico Al-Tamini Ben-Mansul, príncipe de Tlemcen.

II

Muitos outros pretendentes — xeques, vizires, cádis e poetas — foram ter à presença do rei Senedin, mas todos, graças aos recursos e estratagemas do monarca, voltavam desiludidos e convencidos de que os versos que haviam escrito eram velhos, velhíssimos e andavam na boca de soberanos e vassalos! Eram — afirmava sempre o rei — anteriores a Mafoma! (Com Ele a oração e a glória.)

Entre os incontáveis apaixonados da formosa Roxana, havia, porém, na Pérsia um jovem e talentoso poeta chamado Ibrahim Ben-Sofian.

Não podia ele admitir que o rei Senedin conhecesse de cor todos os versos que os inúmeros pretendentes escreviam.

"Há aí algum misterioso estratagema", pensava ele excogitando o caso.

A desconfiança sugere muitas vezes ao homem ideias e recursos imprevistos; é como a luz do sol, que empresta às nuvens colorações que elas não possuem.

Bem dizem os árabes: "Aquele que desconfia vale sete vezes mais do que qualquer outro."

Resolvido, portanto, a deslindar o segredo, o poeta Ibrahim escreveu uma longa poesia intitulada "A lenda do Vaso Partido", empregando, porém, as palavras mais complicadas e mais difíceis do idioma persa. Gastou nessa paciente tarefa muitos meses.

Terminado o trabalho, o talentoso poeta apresentou-se à prova diante de Senedin, senhor do Laristã.

Em dia marcado, na presença de vizires e nobres, o rei Senedin recebeu o poeta Ibrahim Ben-Sofian.

O monarca tinha a convicção de que venceria o novo pretendente empregando o mesmo modo e o mesmo artifício com que soubera iludir todos os outros.

Ibrahim leu com vagar os versos tremendos e complicados que compusera com vocábulos quase desconhecidos. Não havia memória capaz de conservar por um momento sequer as palavras esdrúxulas que o poeta proferia.

O rei, ao perceber o recurso singular de que lançara mão o poeta, sentiu que sua privilegiada memória fora, afinal, vencida; não quis, entretanto, confessar-se derrotado.

— Ouvi com agrado os teus versos — declarou com visível constrangimento. — Devo dizer que não os conheço. São certamente originais. E como a minha palavra foi dada, casarás com a minha filha. Desejo, entretanto, fazer-te um pedido. Quero conhecer "A lenda do Vaso Partido", tantas vezes citada em tua poesia.

— Escuto-vos e obedeço-vos — respondeu o poeta. — Para mim nada mais simples do que narrar essa belíssima história.

E assim começou:

14ª Narrativa

*Singular episódio ocorrido em Bagdá. Estranho
proceder de um xeque que adquire um jarro riquíssimo
para espatifá-lo logo em seguida.
Das Mil histórias sem fim é esta a décima quarta!
Lida a décima quarta restam, apenas,
novecentas e oitenta e seis...*

Da janela de minha casa, em Bagdá, observava uma tarde o vaivém dos aventureiros e beduínos, quando a minha atenção foi despertada por um fato que me pareceu estranho e muito singular.

Um homem, ricamente trajado, aproximou-se de um velho mercador que oferecia à venda, sob largo toldo, uma bela coleção de jarros de diversas formas. Depois de escolher, com um empenho que me pareceu exagerado, a peça que mais lhe interessava, o desconhecido pagou ao vendedor, sem hesitar, o preço exigido. Isso feito, encaminhou-se para o meio da rua e levantando, com ambas as mãos, o jarro atirou-o com toda força contra uma pedra, espatifando-o.

— É um louco! — murmurei. E, como não sei resistir à atração que sobre mim exerce o ímã da curiosidade, fui sem demora juntar-me ao grupo dos que faziam roda ao desatinado comprador.

O homem, entretanto, sem se preocupar com os árabes e cameleiros que bem de perto o observavam, abaixou-se e começou a ajuntar vagarosamente os cacos, como se lhe movesse a intenção de reconstituir o que ele mesmo destruíra inexplicavelmente.

Xeques e caravaneiros que cruzavam a rua, vendo o caminho impedido pelo ajuntamento, gritavam do alto dos *maharis:*[1]

— Passagem! Eia! Por Alá! Passagem!

Ao cabo de algum tempo tornou-se enorme a confusão; os mais exaltados, proferindo insultos e blasfêmias de toda espécie, tentavam maldosamente atropelar e pisar com seus camelos os curiosos parados em grupos no meio da rua.

Temendo que aquele incidente degenerasse num conflito mais sério, deliberei intervir.

Aproximei-me do desconhecido, tomei-o pelo braço e disse-lhe:

---

[1] *Mahari* — Camelo de sela. (B. A. B.)

— Quero levar-vos, meu amigo, até a minha casa! Tenho em meu poder diversos jarros persas e chineses com desenhos admiráveis.

Sem se mostrar surpreendido ou contrariado pelo intempestivo convite, o jovem acompanhou-me sereno, sob o olhar atônito da multidão!

Ficamos sós. Ofereci-lhe, com demonstrações de alta cerimônia, tâmaras e água, mas ele nada aceitou. Quis apenas provar o pão e o sal da hospitalidade.

Teria, afinal, o meu estranho hóspede perdido o uso da razão?

— Onde estão os teus jarros chineses? — perguntou-me, percorrendo insistente, com o olhar, todos os cantos da sala.

— Peço perdão, ó xeque! — respondi —, faltei há pouco à verdade quando vos disse possuir jarros da China e da Pérsia. Queria, apenas, inventar um pretexto para arrancar-vos do meio daqueles exaltados muçulmanos! *Bedal matghechoc ôlloh fê-vechoc!*[2] Bem vejo que sois estrangeiro e desconheceis, por certo, o gênio arrebatado e violento do povo desta terra. Rara é a semana em que não assistimos, pelas praças e ruas, distúrbios e correrias. Às vezes, por causa de ninharias e frivolidades, homens são assassinados e ricas lojas saqueadas em poucos instantes. Os guardas não dominam os ímpetos sanguinários da população. Se houvesse, há pouco, um conflito com os caravaneiros turcos, a vossa vida estaria em grave perigo!

Riu o desconhecido ao ouvir a minha explicação.

---

[2] É preferível agora não enganar, e dizer-te logo a verdade!

— *Uallah!*[3] — exclamou. — Julgavas, então, que eu fosse um fraco, um demente? É interessante! Vou contar-te a minha história e o motivo que me levou a quebrar um jarro no meio da rua.

Antes, porém, de dar início à prometida narrativa, o jovem maníaco sentou-se sobre uma almofada (que cuidadosamente ajeitara), colocou diante de si, sobre o tapete, dois fragmentos do jarro que ele, pouco antes, estilhaçara em plena rua e pôs-se a observá-los com a atenção de um obstinado.

Pareceu-me que seria mais delicado ou talvez mais cauteloso não perturbar o meu hóspede. Acomodei-me, sem-cerimônia, diante dele, acendi o meu delicioso narguilé e entreguei-me à tarefa de reparar e estudar as estranhas atitudes do lunático quebrador de vasos.

Teria, no máximo, trinta e um ou trinta e dois anos; seus olhos eram azulados; sua barba clara tinha reflexos cor de ouro vivo. Ostentava, com natural elegância, um aparatoso turbante de seda amarela no qual cintilava uma pequena pedra verde-escura.

De repente, a fisionomia do jovem tornou-se radiante, como se surpreendente inspiração o iluminasse. Ergueu o rosto e disse-me risonho:

— Afinal, o sultão perdoou o segundo condenado e este, sem querer, salvou o companheiro!

Aquela frase, para mim, não tinha sentido. Parecia disparate.

— Que sultão é esse, ó jovem? — interpelei-o com exagerada complacência, na certeza de que falava a um infeliz demente.

---

[3] *Uallah* ou *Ualá* — Por Deus! (B. A. B.)

— Lamentável distração a minha! — exclamou com vivacidade. — Acreditei que fosses capaz de adivinhar os meus pensamentos e seguir o rumo da história que estive, aqui sentado, a arquitetar! Conforme prometi, vou contar-te o enredo de minha vida, e esclarecer os episódios que me forçaram a esfacelar o jarro diante da tenda de um mercador. E tudo compreenderás.

E na linguagem límpida e correta de um homem educado e culto, contou-me o seguinte:

15ª Narrativa

História de um "Contador de Histórias". Como um jovem, sentindo-se atrapalhado, põe em prática os ensinamentos contidos num provérbio hindu! Das Mil histórias sem fim é esta a décima quinta! Lida a décima quinta restam, apenas, novecentas e oitenta e cinco...

Rafi An-Hari é o meu nome. Meu pai, que era um hábil negociante, fazia de quando em vez uma viagem a Sirendib,[1] aonde ia em busca de especiarias que ele revendia com apreciáveis lucros aos seus agentes de Basra.

---
[1] Antigo nome de Ceilão.

Quis, porém, o destino que meu pai viesse a morrer em consequência de um naufrágio, desaparecendo com todas as riquezas e dinheiro que transportava. Ficou a nossa família em completo desamparo. Forçado pelas necessidades da vida a procurar trabalho, empreguei-me como escriba em casa de um xeque muito rico chamado Ibraim Hata. Uma noite, conversando casualmente com o meu patrão, disse-lhe que sabia contar várias histórias.

— Se é verdade o que acabas de revelar — ajuntou o xeque —, vou dar-te, em minha casa, o emprego de contador de histórias. Passarás a ganhar o triplo de teu atual ordenado!

Aquela decisão do meu generoso amo causou-me não pequena alegria. Passei a exercer no palácio de Ibraim Hata um cargo invejável: *contador de histórias.* Todas as noites, invariavelmente, o xeque Ibraim reunia em sua casa vários parentes e amigos; e eu, na presença dos ilustres convidados, contava uma lenda ou uma fábula qualquer. Em geral, finda a narrativa, os ouvintes mais entusiasmados felicitavam-me com palavras de estímulo e davam-me ainda peças de ouro. Vivi assim, regaladamente, durante meses semeando na imaginação dos que me ouviam todos os sonhos e fantasias dos contos árabes.

Hoje, finalmente, pela manhã, fui avisado de que haviam chegado do Egito vários amigos do xeque, mercadores ricos e prestigiosos, que seriam incluídos entre os meus numerosos ouvintes para o conto da noite.

Em outra ocasião tal acontecimento seria para mim motivo de júbilo; agora, porém, veio causar-me um grande pavor, deixando-me o coração esmagado por uma angústia sem limites. E a razão é simples: tendo desfiado, sem cessar, até a minha última pérola, o colar das minhas histórias e fábulas, nada mais restava do meu tesouro! Como inventar, de momento, um conto interessante e maravilhoso capaz de agradar aos meus nobres e exigentes ouvintes?

Preocupado com a grave responsabilidade que pesava sobre meus ombros, deixei pela manhã o palácio de meu amo e deliberei caminhar ao acaso, pelas ruas da cidade, pois tinha a esperança de encontrar alguém que me pudesse tirar do embaraço em que me achava. Procurei nos cafés os contadores profissionais de maior fama e consultei-os sobre as melhores narrativas que conheciam; apesar da recompensa que eu prometia, não consegui ouvir de nenhum deles história que fosse nova para mim; citavam-me algumas — é verdade — mas todas elas já tinham sido por mim mesmo narradas ao xeque.

O desânimo — acompanhado de uma inquietação perturbadora — já começava a esmagar as fibras restantes de minha energia, quando me veio, não sei por quê, à lembrança, um antigo provérbio hindu: "Um jarro quebrado alguma coisa recorda." "Quem sabe", pensei, agarrando-me ainda uma vez à esperança, "quem sabe se um jarro partido não me fará lembrar uma história há muito esquecida no meu passado pela caravana indolente da memória?"

Conta-se (Alá, porém, é mais sábio!) que o famoso poeta Moslini ben el Valid foi, certa vez, vítima de grave atentado. Fizeram cair sobre ele, atirado do alto de um terraço, grande e pesadíssimo jarro. Veio o jarro espatifar-se aos pés do poeta e uma das estilhas, saltando impelida pela violência do choque, foi ferir de leve o rosto de Moslini. O jarro, fabricado por um oleiro de Medina, trazia em letras douradas, sobre fundo azul, a seguinte inscrição:

"O que se adquiriu pela força só se pode conservar pela doçura."

O fragmento que feriu Moslini era, precisamente, aquele que continha a palavra *"doçura"*.

Aconselharam ao poeta que levasse o caso ao conhecimento do juiz. A culpada (fora uma jovem ciumenta a autora do atentado) devia ser punida. Recusou-se, porém, Moslini, a apresentar queixa ou acusação, dizendo: "Não posso pedir castigo ou punição para uma pessoa que me feriu com tanta 'doçura'."

Confirmava-se, mais uma vez, o provérbio: "Um vaso quebrado alguma coisa recorda."

Movido por essa ideia, adquiri um jarro, depois de meticulosa escolha e pondo em execução o plano delineado, limitei-me a reduzi-lo a estilhas no meio da rua.

— E o processo deu resultado? — perguntei, interessado. — Veio à vossa memória, depois do sacrifício, alguma história interessante, digna de ser contada a um auditório seleto?

A minha ingenuidade fez rir novamente o inteligente Rafi An-Hari.

— *Ualá!* — exclamou, batendo-me no ombro. — O tal jarro, depois de partido, fez-me recordar um conto, muito original, que poderá divertir os viajantes ilustres e agradar ao bom e generoso xeque Ibraim. E sabes, meu amigo, que história é essa?

— Interessa-me conhecê-la — respondi. — Deve ser muito original.

Vendo-me dominado pela curiosidade, o inteligente Rafi An-Hari contou-me o seguinte:

16ª Narrativa

História de dois infelizes condenados que são salvos de modo imprevisto, no momento em que iam morrer. Por causa da sentença de um sultão encontramos, com surpresa, um famoso narrador de histórias. Das Mil histórias sem fim é esta a décima sexta! Lida a décima sexta restam, apenas, novecentas e oitenta e quatro...

Conta-se — Alá, porém, é mais sábio[1] — que o sultão Ali Machem, senhor de Khorassã, por um capricho extravagante, foi certa vez, acompanhado de seu grão-vizir, emires e

---
[1] O muçulmano ortodoxo não faz outra citação (por mais simples que seja) sem ajuntar a fórmula tradicional "Alá, porém, é mais sábio" (do que esta que estou agora citando).

conselheiros, assistir à execução de dois infelizes beduínos da tribo de Lenab.

Em dado momento, quando o carrasco, já prestes a desempenhar a sua torva, punha termo aos últimos preparativos, o condenado que devia ser justiçado em segundo lugar adiantou-se alguns passos, aproximou-se do rei, e disse-lhe, depois de saudá-lo humildemente:

— Deus vos cubra de incalculáveis benefícios, ó rei! Bem sei que poucos momentos me restam de vida. Já vejo Azrail, o Anjo da Morte, aproximar-se de mim. Desejo, contudo, merecer de vossa inexcedível bondade um último favor!

— Fala, beduíno — ordenou o rei. — Dize o que pretendes de mim. Jamais desatendo, quando possível, ao derradeiro pedido de um condenado!

— Rei magnânimo! — respondeu o árabe. — O meu desejo vale menos do que uma tâmara depois de um banquete do califa. Gostaria de ser executado antes de meu companheiro e não depois dele, como parece vai dar-se!

Não foi pequena a surpresa do monarca ao ouvir tão inesperada solicitação.

— Não tenho dúvida alguma em atender ao teu pedido — retorquiu o rei. — Acho-o, porém, bastante curioso e não encontro, de pronto, motivo capaz de justificá-lo satisfatoriamente.

Sem deixar transparecer a menor cavilação, o condenado assim explicou:

— A razão é simples, ó sultão! Esse homem, que devia preceder-me no suplício, é um hábil contador de histórias e profundo conhecedor das lendas mais famosas do Islã. É meu intento, portanto, precedendo-o na morte, proporcionar a um árabe tão culto alguns minutos mais de vida!

O rei Machem — dizem os cem historiadores de seu tempo — era um soberano bondoso e justo. Ao ouvir a declaração do condenado sentiu que lhe competia, no mesmo instante, lavrar uma sentença digna do sucesso; e movido por tão humanitários sentimentos exclamou:

— Ualá! Se assim é, ó muçulmano, estão ambos perdoados! Por ser um grande narrador de lendas, o teu amigo jamais sofrerá castigo de morte; e tu também fizeste jus ao perdão pela forma admirável com que acabas de demonstrar a tua generosidade.

O maldoso grão-vizir Kacem Riduam (*Cheitã*[2] o castigue!), que até então se conservara em silêncio, dirigindo-se ao soberano, observou irônico:

— Permiti, ó rei!, ao vosso humilde servo uma observação ditada pela longa experiência que tenho da vida e dos homens. Será, afinal, verdadeira a declaração desse impertinente beduíno? Não estaremos diante de uma mistificação habilmente tramada por um condenado astucioso que pretende, apenas, fugir, pelo oásis da vossa clemência, ao justo castigo de que se fez merecedor?

— A tua suspeita não é de todo descabida! — replicou o rei. — A hipótese que formulaste, meu caro vizir, pode corresponder a uma triste verdade, e é necessário que não exista o menor sulco de dúvida na areia clara do meu espírito. Vou, pois, exigir que o beduíno narrador de lendas dê, aqui mesmo, diante de todos nós, uma prova de seus talentos e habilidades.

---

[2]*Cheitã* — Demônio.

E, dirigindo-se ao primeiro dos condenados, disse-lhe o soberano:

— Se não é falso o que a teu respeito alegou, há pouco, o teu bondoso amigo, conta-nos, ó filho do deserto, a mais formosa das lendas que conheces! A prova da tua eloquência deverá ser forte e segura como a caravana de um emir vencedor.

Interpelado pelo sultão, o beduíno, depois de beijar três vezes a terra entre as mãos, assim falou:

— Conheço, ó rei venturoso e digno!, sete mil e uma lendas, algumas das quais são tão belas que fazem lembrar os maravilhosos poemas do célebre Montenébbi.[3] Que Deus o tenha em sua paz! Vou contar-vos, porém, para começar, a última de todas essas maravilhosas histórias, que é, a meu ver, a mais rica em ensinamentos e verdade! Queira Alá que ela apague a dúvida do vosso espírito com a mesma facilidade com que o simum faz desaparecer no deserto os rastros das caravanas!

E, depois de pequeno silêncio, o árabe iniciou a seguinte narrativa:

---

[3]Veja nota à pág. 47.

17ª Narrativa

*História de um rei que tinha a cara muito engraçada.
Que fez o rei para evitar que a sua presença
causasse hilaridade.
Das Mil histórias sem fim é esta a décima sétima!
Lida a décima sétima restam, apenas,
novecentas e oitenta e três...*

Existiu outrora, no Iêmen, um rei chamado Ibedin Daimã, que se tornou famoso pela originalidade espantosa de seus traços fisionômicos. E a fama justificava-se, pois, em verdade, esse rei tinha uma cara extraordinariamente burlesca. Ninguém podia ficar sério e imperturbável quando observava a máscara chistosa e apalhaçada do rei.

Nas horas de audiência solene, quando o poderoso monarca se apresentava empertigado em seu trono de marfim e pedrarias, os nobres e cortesãos riam estrepitosamente. Não havia como conter-se.

Um dia, afinal, irritado com aquela hilaridade que tanto o humilhava, o soberano árabe resolveu consultar o seu inteligente e habilidoso grão-vizir. Que fazer para pôr termo, de uma vez para sempre, àquelas gargalhadas escandalosas que molestavam o prestígio da coroa e o alto renome do país?

— Nada mais simples — respondeu o primeiro-ministro. — Penso que deveis baixar um decreto determinando que, portas adentro do palácio real, quem quer que seja só terá o direito de rir uma única vez. Severo castigo será imposto àquele que tiver a ousadia de transgredir a vossa determinação.

Concordou prontamente o rei com o alvitre, que achou excelente, e, no dia seguinte, com surpresa de todos, a inesperada decisão posta em letras garrafais percorreu a cidade toda, ao som de estridentes clarins.

Nos termos do tal decreto, as pessoas que se achassem em presença do rei Ibedin só poderiam rir uma vez; aquela que tivesse a petulância ou a insolência de dar segunda mostra de riso seria enforcada.

Houve, nessa mesma semana, uma grande reunião no palácio. Os nobres mostravam-se constrangidos e assustados. Traziam alguns sapatos apertadíssimos, que os faziam sofrer horrivelmente; muitos outros colocaram sob a roupa, contra o corpo, farpas e espinhos que, ao menor movimento, feriam e torturavam as carnes; outros, ainda, levavam à boca, de quando em vez, sementes amargas de sabor detestável. Tudo isso faziam para evitar o desejo louco de rir, quando se lhes deparasse a cara irresistível do rei.

Em meio da audiência, quando o monarca ouvia atento um poeta que declamava um inspirado poema, eis que a risada viva e argentina de um dos presentes vem perturbar repentinamente o silêncio e a gravidade da reunião.

Fora autor daquela intempestiva risada o velho e judicioso Damenil, primeiro-procurador do reino, homem ilustre e de grande prestígio na corte.

E, logo depois, sem dar atenção ao espanto dos que o rodeavam, o digno procurador riu ainda mais forte e mais gostosamente.

Passados alguns instantes, como se estivesse tomado de súbita alucinação, o respeitável Damenil, pela terceira vez, feriu a solenidade da ocasião, com uma longa e estrepitosa gargalhada.

O rei Ibedin, surpreendido com a atitude insólita e desrespeitosa do velho funcionário, ergueu-se furioso e exclamou:

— Não ignoras, por certo, ó procurador!, os termos do último decreto por mim assinado! A tua irreverente conduta nesta assembleia obriga-me a incluir o teu nome entre os que se acham privados da luz da razão. Exijo que justifiques, de modo claro e preciso, as tuas insultuosas gargalhadas. Se não o fizeres de maneira cabal e satisfatória, farei lavrar, neste mesmo instante, a tua sentença de morte!

Diante daquela grave ameaça, o ilustre ancião mostrou-se impassível. A imagem do alfanje do carrasco, prestes a desferir o golpe, não chegava a perturbar a serenidade de sua veneranda figura. Aproximou-se respeitoso do rei e assim falou:

— A primeira vez eu ri, ó magnânimo senhor!, porque a lei me permite rir uma vez. Coube-me rir pela segunda vez por ser procurador da corte. Realmente. De acordo com as funções que exerço, posso falar, cantar ou rir em nome do rei, pois tenho plena autorização para assim proceder. A terceira vez, finalmente, eu ri porque me lembrei, de repente, de uma história que me foi contada, há dois meses, à sombra das tamareiras.

— Que história é essa? — indagou o rei, tomado de viva curiosidade. — Deve ser interessantíssima, pois, ao recordá-la, um homem é capaz de rir, arriscando a própria vida!

Respondeu o procurador:

— É uma lenda tão engraçada que faria rir até uma raposa morta! Intitula-se "História de uma Ovelha Mal-Assombrada".

— Conta-nos, ó irmão dos árabes! — exclamou o monarca —, essa prodigiosa "História de uma Ovelha Mal-Assombrada"!

— Sinto-me forçado a dizer, ó rei — explicou o vizir —, que a minha narrativa iria pôr em perigo de vida todos os nobres e xeques aqui presentes. Assim sendo, só poderei atender ao vosso honroso pedido se for previamente revogada a lei que proíbe as risadas neste palácio!

O rei Ibedin, diante da justa ponderação de seu digno procurador, revogou, no mesmo instante, o decreto que limitava as expansões de alegria a fim de permitir que o sábio narrasse a hilariante "História de uma Ovelha Mal-Assombrada".

No momento em que o ilustre procurador Damenil ia dar início ao conto, o grão-vizir aproximou-se respeitoso do trono e disse:

— Rei do Tempo! Os homens que se interessam pelos problemas da educação afirmam que as histórias que instruem são preferíveis às que divertem. Convém ouvirmos pois, previamente, pela palavra eloquente do judicioso Damenil, um conto que encerre ensinamentos e verdades; a seguir, então, com o espírito bem-esclarecido, poderão todos ouvir o humorístico episódio que faz rir até uma raposa morta.

— É muito justa a vossa ponderação — concordou o rei.

E voltando-se para o procurador acrescentou:

— Conte-nos, ó prudente ulemá!, uma história simples, que traga novos raios de luz aos nossos olhos e uma parcela de conforto aos nossos corações.

— Escuto-vos e obedeço-vos — respondeu o preclaro Damenil.

E narrou o seguinte:

18ª Narrativa

História de um rei que detestava os ociosos. Na qual esse rei encontra três forasteiros, sendo o primeiro um persa que exercia curiosa e estranha profissão.
Das Mil histórias sem fim é esta a décima oitava!
Lida a décima oitava restam, apenas, novecentas e oitenta e duas...

Imensa região situada ao norte da África foi outrora governada por um sultão notável chamado Abul Inane.

Esse glorioso monarca tinha a nobre preocupação de combater a ociosidade e não admitia, dentro de suas fronteiras, homem algum que vivesse alheio ao trabalho ou que não dedicasse suas atividades a alguma obra de indiscutível serventia.

Grande, portanto, foi a surpresa do rei quando ao regressar, certa vez, de uma excursão ao oásis de Beni-Hezã avistou três homens que repousavam sob uma árvore.

A dúvida sobre o caso não podia existir. Tratava-se de vadios que fugiam das fadigas do emprego para andar à gandaia, e dormitar negligentes à sombra das tamareiras.

Abul Inane fez parar a sua comitiva e determinou que os três mandriões da estrada viessem à sua presença.

— Malandros! — exclamou furioso o rei. — Não deveis ignorar, por certo, que a ociosidade neste país é um crime. Os meus vizires têm ordem de obter para todos os desocupados um emprego ou um ofício compatível com a capacidade de cada um. Quero ser informado da situação de cada um de vós, pois do contrário sereis castigados impiedosamente.

Um dos desconhecidos, sentindo-se ameaçado por essas palavras, aproximou-se respeitoso do grande monarca e assim falou:

— Rei do Tempo! Seja Alá o vosso guia e o vosso amparo! Há mais de vinte dias chegamos do Egito e, logo que pisamos em vossos domínios, procuramos trabalho dentro de nossas profissões. Depois de muitas tentativas inúteis, fomos pedir o precioso auxílio do grão-vizir. Esse ilustre magistrado declarou, entretanto, que não poderia obter emprego algum que nos servisse, e ofereceu-nos recursos para abandonar o país.

— Não é possível! — contrariou Abul Inane. — Esta terra precisa de homens e seria um crime repelir o auxílio dos bons muçulmanos. Houve, com certeza, engano ou descuido do meu grão-vizir. São infinitas as formas de atividade em meu reino. Asseguro-vos, sob palavra, que serei capaz de obter emprego para qualquer homem de ação. Desejo conhecer, apenas, as vossas respectivas profissões.

Interrogado desse modo pelo glorioso sultão, Merenida, o primeiro dos acusados, assim falou:

— Rei! Venho da cidade de Ispahan, na Pérsia, e exercia lá uma profissão denominada *afifah-segadah-kheyt,* expressão que significa, mais ou menos, "aquele que abre caminho no meio da multidão". Cabe-me dizer que na longínqua Ispahan há, semanalmente, grandes feiras; a cidade é invadida por milhares de forasteiros; as ruas ficam apinhadas e o trânsito torna-se quase impossível. É muito comum que uma pessoa precise, de repente, deslocar-se, a toda pressa, de um lugar para outro. Solicita, nesse caso, o auxílio de um *afifah-segadah-kheyt,* que se encarrega, mediante modesta remuneração, de abrir caminho no meio da multidão. Não é das mais simples a profissão de *afifah*. O indivíduo que deseja exercê-la precisa possuir certas qualidades. Ser resistente, para afastar os importunos; ser corajoso, para enfrentar os atrevidos; ser prudente, para evitar os agrupamentos perigosos; ter domínio sobre os camelos, para se aproximar sem receio desses animais; conhecer as pragas mais violentas que figuram em todos os dialetos, para não ofender os exaltados. Um *afifah* que pretenda ser eficiente em sua profissão precisa ter sempre no pensamento a grande verdade, *Med reglek alk ad-lehafak*.[1] Ora, um dia encontrava-me à porta da mesquita,

---

[1] Provérbio árabe: "Acomoda teus pés conforme o tamanho do teu cobertor."

em Ispahan, quando de mim se aproximou um desconhecido. Parecia um persa nobre. Trazia na mão uma caixa escura de dois palmos de comprimento mais ou menos.

"'Queres levar', disse-me, sem mais preâmbulos, 'esta caixa ao palácio do xeque Al-Fakars? Receberás, pelo serviço, cinco dinares'. 'Aceito', respondi. Tomei da caixa, sobracei-a cuidadosamente e parti a correr em direção à residência do xeque. As ruas estavam repletas. De súbito um beduíno estouvado deu-me um esbarrão violento. A caixa caiu-me do braço e, batendo com violência numa pedra, abriu-se. Vi, então, uma cena que me causou assombro. De dentro da caixa saltaram quinze ou vinte rãs que se espalharam pela rua. Os populares que se achavam perto atiraram contra mim:

"'Feiticeiro! Feiticeiro!', gritavam os mais exaltados, 'Mata! Mata!' Com receio de ser trucidado pelos fanáticos, tratei de fugir dali, proeza que pratiquei em poucos instantes graças à habilidade com que sei me deslocar no meio dos ajuntamentos. As tais rãs, como mais tarde vim a saber, valiam um tesouro: tinham sido trazidas da Ilha de Chipre. No dia seguinte soube que o xeque Al-Fakars, homem vingativo e perverso, não se conformando com a perda das rãs, andava à minha procura. Fugi da Ispahan e, depois de jornadear por vários países, vim ter aqui. Vejo-me, agora, em dificuldades, pois em Túnis, a vossa bela capital, não há multidões e os meus serviços tornaram-se desnecessários."

— É singular! — concordou o rei. — Não poderia imaginar que houvesse no mundo profissão tão estranha.

— Mais estranha ainda, ó rei! — acrescentou o *afifah* —, é a profissão exercida pelo nosso companheiro hindu.

— Por Alá — bradou o sultão. — Que profissão é essa que de tão esquisita chega a vencer a tua em estranheza?

O segundo aventureiro, depois de um humilde *salã*, contou o seguinte:

19ª Narrativa

*História de um empalhador de elefantes que embriagava
pavões para combater as serpentes.
Das Mil histórias sem fim é esta a décima nona!
Lida a décima nona restam, apenas,
novecentas e oitenta e uma...*

Sou natural da Índia. Trabalhei, durante toda minha vida, nas terras do rajá Naradej, governador da província de Rã-Napal. Esse príncipe conservara em suas matas mais de quinhentos elefantes sagrados. Quando acontecia morrer um desses elefantes, o príncipe Naradej determinava que o corpo do monstruoso paquiderme fosse cuidadosamente embalsamado. Cabia-me, então, executar com habilidade essa piedosa tarefa. A minha profissão é, portanto, muito simples e nobre: "empalhador de elefantes sagrados". Eu morava numa casa pequena e modesta, construída no meio da mata sombria em que viviam os elefantes. Aquelas terras eram infestadas de perigosas serpentes; rara a semana em que não se perdia um homem picado por uma delas. Aquele flagelo parecia irremediável pois a nossa religião não permite matar um animal seja este embora uma peçonhenta cobra. Que fiz então? Sem que o rajá soubesse, iniciei uma grande criação de pavões; para evitar que os pavões se afastassem dos arredores da casa, usei de um estratagema muito curioso. A partir dos primeiros dias habituei os pavões ao uso do ópio que é, como todos sabem, um entorpecente perigoso.

Todas as tardes cada pavão recebia, em minha casa, diante da porta que abria para o terreiro, uma certa dose de ópio e ali ficava, durante a noite, num sono de embriaguez. Pela manhã, os pavões partiam pela mata em busca de seu manjar predileto — as serpentes. Quando um pavão encontra uma cobra, entra logo em luta. Os botes e assaltos do ofídio são inúteis; a plumagem forte e espessa que reveste o corpo do pavão não permite que essa ave possa ser mordida pela serpente. O pavão, depois de se divertir durante alguns minutos com sua vítima, mata-a com duas ou três violentas bicadas, transformando-a, a seguir, numa apetitosa iguaria. Com auxílio dos pavões "viciados" eu fui pouco a pouco exterminando as serpentes que viviam nos arredores de minha casa. Um dia, porém, o rajá foi informado de que eu embriagava os pavões, dando-lhes ópio todas as tardes. O meu procedimento foi tido como "infame", pois contrariava todos os preceitos religiosos do povo. Por esse motivo fui despedido do emprego e expulso das terras. Depois de muito peregrinar pelo mundo, cheguei a este país onde esperava arrumar colocação. Sinto-me, todavia, embaraçado, pois julgo que dificilmente encontrarei aqui elefantes sagrados que exijam as minhas habilidades de empalhador.

— Não resta dúvida — concordou o rei —, a vossa singular especialidade não encontra facilmente aplicação dentro das fronteiras de meu país. Farei, todavia, o possível para auxiliar-vos.

Disse então o hindu:

— Se a minha profissão é original, rara e estranha, mais rara, estranha e original é a profissão exercida por este camarada.

E apontou para o terceiro forasteiro, que se mantivera de pé, em atitude respeitosa, a poucos passos de distância.

— Por Alá! — bradou o rei. — Pelo sagrado templo de Meca! Será possível que exista, em algum recanto do mundo, profissão mais esquisita do que aquela que exerce um empalhador de elefantes sagrados?

E, dirigindo-se ao estrangeiro, disse-lhe:

— Aproxima-te, meu amigo! Quero saber qual é a profissão maravilhosamente rara que exercias em tua terra, e por que vieste parar agora em nosso país!

O terceiro viajante, interpelado pelo sultão, assim falou:

— Crime seria iludir-vos com fantasias enganadoras ou com exageros mentirosos. A profissão que exerço e na qual, digo-o ferindo, embora a minha natural modéstia, sou de excepcional eficiência não é certamente das mais raras. Tenho encontrado, ao percorrer os caminhos de Alá, homens que exercem atividades muito mais estranhas. Em Heif, no sul da Arábia, conheci um ancião que amealhava bens invejáveis domesticando lagartixas e proporcionando, com esses animai-zinhos sobre grandes bandejas de prata, espetáculos que muito distraíam os curiosos. Assisti, por exemplo, um luta simulada entre duas lagartixas que me deixou encantado. Esse mágico das lagartixas chamava-se El-Magdisi e era tão avarento que passou a adotar o apelido de Mag para economizar tinta nas assinaturas do nome. Em Damasco, na Síria, fiz boa amizade com um calculista cujo ganha-pão consistia em fazer cálculos inúteis que não deviam na verdade interessar a pessoa alguma. Quantas escamas tem um certo peixe? Quantos passos, em média, uma pessoa dá por dia? Qual é o número cujo quadrado é formado por dez algarismos e todos desiguais: 0, 1, 2, 3, 4, 5, 6, 7, 8, 9? Quantas vezes a letra *alef* aparece na 1ª surata do Alcorão? Havia centenas de outros problemas sem a menor significação, que o calculista vendia por bom preço aos damas-cenos mais ilustrados.

— Todas essas considerações — interrompeu delicadamente o sultão — parecem-me dignas de atenção dos estudiosos. No momento, porém, não me interessam e não disponho, infeliz-mente, de tempo suficiente para ouvi-las.

"Quero que me descrevas a profissão que exerces, e que teu companheiro reputa original e surpreendente."

O terceiro viajante, interpelado desse modo pelo sultão, narrou o seguinte:

20ª Narrativa

*História de um homem que afinava cigarras.
Um conselho simples que esse homem recebeu
de um mendigo de Medina.
Das Mil histórias sem fim é esta a vigésima!
Lida a vigésima restam, apenas,
novecentas e oitenta...*

Poderia parecer, ó rei!, a um espírito menos atilado, que eu pertencesse ao número infindável dos indolentes e preguiçosos. Tal suspeita traduziria uma dolorosa injustiça. Sou de índole ativa: adoro o trabalho e exerço uma profissão utilíssima. Nasci em Mekala, ao sul da Arábia. Existe, nesse país, um grande número de cigarras. Habituado a ouvir o canto desses curiosos habitantes das selvas, aprendi a imitá-los com grande perfeição.

Verifiquei, entretanto, que algumas cigarras cantam mal, são roucas e desafinadas; pude observar ainda que era possível corrigir certos defeitos fazendo com que as cigarras ouvissem melodias perfeitas no tom justo e certo. Informado da minha habilidade, o governador de Mekala encarregou-me, mediante bom ordenado, dessa delicada tarefa: afinar as cigarras. O meu emprego era dos mais úteis no país, pois em Mekala o canto das cigarras constituía um dos grandes divertimentos do povo.

Há dois anos, porém, as cigarras de Mekala foram dizimadas por uma praga e desapareceram. Perdi o emprego e resolvi emigrar. Parti de Mekala com uma numerosa caravana de peregrinos que iam em busca de Meca, a Cidade Santa.

Chegamos ao Madinat'En Nabi[1] depois de uma longa e fatigante jornada.

Um dia, ao deixar a mesquita do Profeta, andrajoso mendigo estendeu-me a mão implorando um óbolo. Dei-lhe um dinar.

Disse-me o infeliz ancião:

— É esta a terceira vez, estrangeiro!, que recebo de ti um dinar de cobre. Como vejo que és bom e caridoso, vou dar-te um conselho útil, por certo, aos indivíduos que, como tu, praticam o ato sublime da esmola: Não deves dar, ao pobre que habitualmente encontras em teu caminho, uma esmola certa, igual à que lhe deste na véspera! Há nisto, afirmo, um grande perigo! Procura auxiliá-lo com quantia maior ou menor. Nunca, porém, com quantia idêntica à anterior!

---

[1] A cidade do Profeta — Medina.

— Singular é o teu conselho, meu amigo — repliquei. — Que perigo poderia advir a uma pessoa do simples fato de dar, todos os dias, a mesma esmola a um mendigo conhecido?

— Por Alá, muçulmano! — retorquiu o mendigo. — Será possível que ainda não tenha chegado ao teu conhecimento a trágica aventura ocorrida com um escriba de Kabul, chamado Ali Durrani, que tinha o péssimo costume de dar ao mesmo pobre uma esmola certa e invariável?

— Que caso foi esse?

— Quero que o ouças da pessoa mais autorizada para narrá-lo! — E acrescentou com um gesto misterioso: — Vem comigo!

Conduziu-me por um corredor lateral, até um dos pátios internos da mesquita. Havia ali uma porta, estreita e resistente, na qual o meu singular companheiro bateu com impaciência várias vezes. Abriu-se, afinal, ligeiramente, a porta e ouvi por uma fresta uma voz rouca e meio agressiva indagar:

— Que trazes tu?

Respondeu meu companheiro:

— Trago três fios de sol e duas aranhas da China!

Surpreendeu-me aquela resposta. As palavras do mendicante envolviam um estranho mistério. E realmente, vi surgir por detrás da tal porta um venerável xeque, ricamente trajado. As suas barbas longas e já grisalhas caíam-lhe sobre o peito. Ostentava uma espécie de manto todo debruado com fios de ouro e, na cabeça, trazia um turbante à moda dos hindus, rematado, à direita, por um grande laço vermelho-claro.

Ao pôr em mim os olhos, o estranho xeque exclamou, com profunda emoção.

— Louvado seja Alá, o Sapientíssimo! Até que enfim posso abraçar o meu jovem e amigo, o mais famoso dos músicos, o afinador de cigarras!

E sem que eu pudesse fazer o menor gesto para detê-lo, abraçou-me pelo ombro, com efusão de incontida alegria.

Aquele encontro deixara-me estarrecido. O ancião conhecia-me; não ignorava a antiga profissão que eu exercera em Mekala. Que pretendia o caprichoso destino ao levar-me a seu encontro?

— Não me tome por um mágico, nem por um *djim* — disse o ancião com bom humor. — Conheço-te porque estive durante alguns meses em Mekala, e assisti, mais de uma vez, ao coro das cigarras que tu dirigias no parque do rei. Sei que és habilidoso. Precisas de mim?

Nesse momento, o mendigo, que ali me trouxera, acudiu, interessado:

— Xeque dos xeques! Esse jovem, caridoso e simples, deseja ouvir o relato da aventura ocorrida com o bom escriba Ali Durrani, de Kabul.

— Com grande prazer posso narrá-lo — replicou o xeque. — É uma das histórias mais singulares do velho Afeganistão.

E, com serenidade e graça, narrou-me o seguinte:

21ª Narrativa

*Singular aventura do escriba Ali Durrani.
O caso do troco recusado. Das
Mil histórias sem fim é esta a vigésima primeira!
Lida a vigésima primeira restam, apenas, novecentas e
setenta e nove...*

Conta-se que um dia, ao aproximar-se Ali Durrani, o bom e honrado escriba, da célebre mesquita de Ullah, em Kabul, um mendigo lhe veio ao encontro e disse-lhe:

— Houve ontem, ó xeque!, um engano de vossa parte. Recebi, de vossas mãos, um *damasin*[1] de ouro, ao invés do dinar

---

[1] Moeda persa.

de cobre que é vosso costume dar-me diariamente. Aqui está, pois, o troco de 99 dinares que vos pertence!

— Não, meu velho — replicou delicadamente o escriba. — Tenho certeza de que não me enganei. Não te dei, como julgas, uma peça de ouro; as minhas modestas posses não permitem, nem mesmo por engano, semelhante generosidade! Dei-te apenas, como o faço diariamente, um mísero dinar de cobre!

O mendigo, não se conformando com tal recusa, por várias vezes insistiu em fazer com que o escriba recebesse o troco que lhe deveria ser restituído. Ali Durrani, conservando-se no firme propósito de não aceitar o dinheiro, disse:

— Se por um milagre saiu das minhas mãos para as tuas um *damasin* de ouro, é porque estava escrito que tal aconteceria. Guarda, pois, contigo esses dinares. São teus. Jamais recebi troco das esmolas com que auxilio os infelizes!

Ao ouvir tais palavras, enfureceu-se o mendigo. E erguendo seu pesado bastão entrou a agredir inopinadamente o bom escriba, gritando:

— Miserável! Por tua causa estou impossibilitado de sair hoje da miséria em que sempre tenho vivido!

Vários transeuntes correram em socorro de Ali Durrani, e livraram-no de ser gravemente ferido pelo exaltado mendicante, que foi preso e levado à presença do emir Allanbasard, por esse tempo o primeiro-juiz de Kabul!

O sábio magistrado, ao ter conhecimento das estranhas circunstâncias que precederam a agressão, ficou tomado do mais vivo espanto e interpelou severamente o agressor:

— Ó chacal, filho de chacal! Não vejo explicação alguma para o teu louco proceder. Se Alá, o Único, não te privou, como creio, da luz da razão, conta-nos a verdade, pois do contrário irás acabar sob o alfanje do carrasco!

— Emir poderoso! — exclamou o mendigo. — Vou contar-vos a minha singular história. Vereis, pela minha narrativa, que o meu proceder, embora as aparências o revistam com cores negras da ingratidão, é perfeitamente justificável perante as fraquezas humanas!

E, depois de ajoelhar-se humildemente aos pés do emir, o velho mendicante assim começou:

22ª Narrativa

*O terceiro-vizir faz a um mendigo uma indigna proposta.
Vamos encontrar um velho tecelão que advoga
uma causa perdida.
Das Mil histórias sem fim é esta a vigésima segunda!
Lida a vigésima segunda restam, apenas,
novecentas e setenta e oito...*

Hoje, antes da prece, achava-me, como de costume, junto à porta da mesquita de Ullah, valendo-me da caridade dos bons muçulmanos, quando de mim se acercou um xeque ricamente trajado, que eu soube depois ser o poderoso Kabib Karmala, terceiro-vizir do nosso rei.

Esse nobre maometano, depois de presentear-me delicadamente com uma bolsa cheia de ouro, disse-me, em tom confidencial:

— O nosso querido soberano, que Alá sempre o proteja!, tem ouvido as mais elogiosas referências à inquebrantável honestidade de um escriba chamado Ali Durrani. É intenção do rei nomear esse homem para o cargo de tesoureiro da corte. Tal escolha, porém, não me agrada nem pode convir aos outros vizires. Sei igualmente que o escriba tem o costume de vir todos os dias a esta mesquita, e nunca deixa de socorrer com um dinar de cobre a todos os mendigos que encontra. Conto, pois, com o teu auxílio para desmentir a fama de probidade de que goza Ali Durrani.

— Que devo fazer para auxiliá-lo, ó xeque generoso? — perguntei.

— É simples — continuou o prestigioso vizir. — Logo que o escriba apareça, irás ao encontro dele e procurarás convencê-lo de que ontem, sem querer, ele te deu, por engano, um *damasin* de ouro, e que, portanto, tem direito ao troco de 99 dinares. Se conseguires fazer com que o escriba, quebrando os seus princípios de honestidade, guarde indevidamente o troco, receberás de mim, como recompensa, duas mil peças de ouro!

Só Alá, o Incomparável, poderia avaliar a intensa alegria que de mim se apoderou ao ouvir tal proposta. Eu estava convencido de que o escriba, por mais honesto que fosse, não deixaria de aceitar um simples troco de 99 dinares. E já me acreditava possuidor do rico pecúlio que o vizir me oferecera, quando esbarrei na recusa inabalável do escriba. Fiquei por isso exaltado e, perdendo a calma e a serenidade tão necessárias, não pude conter um acesso de furor e tentei maltratar o homem bondoso e honesto que tantas vezes se apiedara ao trazer-me o seu óbolo generoso.

Ao ouvir a narrativa do mendigo, disse-lhe o juiz:

— Não encontro como justificar o teu infame proceder. É duplo o teu crime: procuraste iludir um benfeitor e tentaste induzi-lo à prática de uma ação indigna. Vou, pois, castigar-te como mereces. Quero, porém, ouvir antes as testemunhas que contigo foram trazidas até aqui!

Um velho tecelão, que fora o primeiro a socorrer o escriba, aproximando-se do íntegro juiz, disse-lhe respeitoso:

— Peço-vos, humildemente, perdão, ó emir! Penso, porém, que não deveis lavrar sentença contra esse infeliz mendigo! Ele tem toda razão! Só o escriba é que é culpado! Recusando o troco, ele tinha em vista uma grande recompensa!

— Por quê? — indagou surpreso o juiz.

— Porventura não conheceis — continuou o tecelão — o caso ocorrido com um jovem de Bagdá que recusou aceitar uma caravana carregada de ouro e pedrarias?

— Que caso foi esse? — perguntou o juiz.

— Vou contá-lo — respondeu o tecelão.

E narrou o seguinte:

23ª Narrativa

*Um jovem de Bagdá recusa uma caravana carregada de
preciosas mercadorias. Um rajá intervém no caso.
Das Mil histórias sem fim é esta a vigésima terceira!
Lida a vigésima terceira restam, apenas,
novecentas e setenta e sete...*

I

Em Bagdá vivia, outrora, um jovem muçulmano chamado Ibraim Ibn-Tabir, que passava os dias descuidado em festas e banquetes a gastar, sem pensar no futuro, a prodigiosa herança que lhe deixara o pai.

Cedo viu-se o nosso herói reduzido a penúria extrema. No dia em que fora obrigado a separar-se de seu derradeiro dinar, proveniente da venda do último escravo, ocorreu-lhe apelar para o auxílio dos alegres companheiros que haviam compartilhado de sua mesa e de seu ouro, quando aquela era farta e este abundante. Não houve, porém, um só que se compadecesse da situação aflitiva do desajuizado mancebo.

Compreendendo que nada poderia obter de seus falsos e ingratos amigos, e resolvido a enfrentar corajosamente as vicissitudes da pobreza, regressava Ibraim a casa quando, ao chegar à rua em que morava, notou ali um movimento anormal. Vencendo, a custo, a massa de curiosos, deparou ele uma grande caravana que parecia vir de longe, com seus guias condutores e cameleiros!

O chamir — chefe da caravana — dirigiu-se ao jovem e disse-lhe:

— Acabo de ser informado de que sois Ibraim, filho do rico Tabir Messoudi. É vossa, portanto, esta caravana que acabo de trazer de Bássora, através do deserto.

Convencido de que o chamir estava enganado, Ibraim, que era honesto e incapaz de apoderar-se de qualquer coisa que não lhe pertencesse, respondeu:

— Estás enganado, ó amigo! Esta caravana não me pertence! Houve, com certeza, algum equívoco na indicação de quem ta confiou, para que a leves a seu destino.

— Recusas, então, ó jovem? — indagou o chamir. — Recusas esta caravana tão rica, pois vem carregada de preciosas mercadorias?

— Recuso! — replicou com segurança Ibraim.

Essa resposta do jovem causou aos homens da caravana uma impressão indescritível. Gritaram todos alegremente. *Allah! Alá Kerim!* Alguns arrancaram os turbantes e rasgavam as vestes entre risos estrepitosos; o próprio chamir chegou a rolar pelo chão, a rir como um faquir demente.

Ibraim, surpreendido por tão inesperada manifestação de regozijo, agarrou o caravaneiro-chefe pelo braço e gritou-lhe, enérgico:

— Que significam essas risadas e chacotas? Por que ficaram todos tão contentes com a minha recusa? Exijo que me expliquem o mistério desse caso!

Diante de tal intimação, o chamir resolveu esclarecer o sucesso:

II

"Deveis saber, ó jovem tão bem-dotado, que o vosso pai tinha em Bássora um sócio riquíssimo chamado Ahmed Bakhari, que possuía, além de muitas terras e rebanhos, palácios, camelos, escravos e joias de grande valor.

"Sentindo-se, um dia, gravemente enfermo e certo de que o Anjo da Morte não tardaria a vir arrebatá-lo deste mundo, o generoso Bakhari chamou-me para junto de seu leito, pois era o seu empregado de maior confiança, e disse-me:

— Dentro de poucos dias deverei comparecer perante Alá, o Altíssimo. Não quero, entretanto, deixar este mundo sem pagar as dívidas que contraí. Logo que eu morrer, levarás, em meu nome, a Bagdá, uma caravana de 30 camelos carregados de estofos, tapetes e joias. Essa caravana deverá ser entregue ao meu velho amigo e sócio Tabir Messoudi, em pagamento de uma quantia que há tempos me emprestou. Sei que Messoudi é riquíssimo e de um espírito de generosidade sem igual. É bem provável, portanto, que ele não queira aceitar, como aliás já tem feito, o pagamento do dinheiro que lhe devo. No caso de ser recusada, a caravana deverá ser repartida equitativamente entre os homens que a conduzirem.

"Jurei, pelo Livro Sagrado, que obedeceria cegamente às instruções de meu amo e no dia seguinte ao seu enterro despedi-me das quatro viúvas, e pus-me a caminho para esta cidade.

"Logo que aqui chegamos, soubemos que o velho Tabir Messoudi já havia falecido, tendo deixado um filho único chamado Ibraim. Esse jovem, acrescentaram ainda os nossos informantes, está reduzido à maior pobreza, por ter esbanjado em mil festins os bens superabundantes que lhe deixara o pai.

"Fiz sentir aos meus honestos caravaneiros de jornada que nada poderíamos esperar, a não ser uma modesta paga dos nossos trabalhos, pois era bem certo que um rapaz pobre não iria recusar uma caravana tão valiosa.

Depois de pequena pausa, o velho chamir continuou:

— Eis aí explicado o motivo único da grande alegria que se apoderou dos cameleiros quando ouviram de vossos lábios a recusa formal em aceitar a bela caravana que trouxemos de Basra. A vossa inesperada recusa foi ouvida por várias testemunhas, inclusive pelo representante do nosso cádi, que vai proceder, neste mesmo instante, à partilha da caravana! Mesmo depois de pago o cádi, esta caravana é suficiente para enriquecer a todos nós!

Nesse momento, o secretário do cádi aproximou-se de Ibraim e disse-lhe.

— É tarde para arrependimentos, meu filho! Ouvi perfeitamente a tua declaração. Segundo a ordem do rico Bakhari, a caravana que recusaste vai ser repartida pelos dedicados caravaneiros que a trouxeram de Basra até aqui!

— Tive a riqueza nas mãos e perdi-a! — exclamou Ibraim, cheio de mágoa — *Maktub!* (Estava escrito!) Louvado seja Alá que duas vezes me fez mais pobre do que um escravo!

Mal havia o jovem pronunciado tais palavras, sentiu que lhe tocavam no ombro.

Voltou-se rápido e viu diante dele um homem alto, de cor bronzeada, ricamente trajado, que ostentava na cintura um longo punhal indiano e na cabeça um turbante de seda amarela, onde cintilava um grande brilhante azulado.

— Jovem — começou o desconhecido pondo carinhosamente a mão sobre o ombro de Ibraim. — Acabo de observar com a maior admiração a tua maneira digna e honesta de proceder. Recusaste uma caravana inteira, carregada de ricas alcatifas, porque estavas convencido de que ela não te pertencia, e, como bom muçulmano, aceitaste sem revolta os decretos do Onipotente.

E como o jovem Ibraim fitasse nele os olhos, cheio de espanto, o estrangeiro continuou:

— Chamo-me Walaemg Mahadeva, e sou rajá da província de Mahabalipur, na Índia! Queres, ó jovem, recuperar não só essa caravana perdida como outras muitas que valem mil vezes mais? Escuta, então, a extraordinária história intitulada "A Bolsa Encantada", que vou contar. Verás como pôde ocorrer com um pobre homem um caso milagroso que o tornou, de um momento para outro, mais rico do que um emir.

E o rajá contou ao jovem a história que se vai ouvir:

24ª Narrativa

*História da "Bolsa Encantada" e das
aventuras que depois ocorreram.
Das Mil histórias sem fim é esta a vigésima quarta!
Lida a vigésima quarta restam, apenas,
novecentas e setenta e seis...*

I

Com a chegada de duas caravanas da Pérsia, o movimento do suque de Basra naquele dia fora excepcionalmente intenso. Ao cair da noite, fatigado pelo trabalho brutal de muitas horas, o mísero Mustakin Karuf, o carregador, recolheu-se, para dormir, à *kuba*[1] sórdida em que vivia no fundo do pátio de uma casa de cameleiros, no bairo de Tahhin.

Sentou-se na ponta de um *tanght*[2] feito de caixas velhas, cobertas com panos grosseiros, e, enquanto mastigava uma tâmara seca, quase sem gosto, tirou de um pequeno cesto as poucas moedas que havia recebido pelo trabalho no mercado. Contou e recontou várias vezes o dinheiro. Verificou possuir doze dinares de cobre e cinco moedas de prata. Tudo isso, porém, valia menos do que uma dessas peças rutilantes de ouro com que os ricos e ociosos xeques compram perfumes e joias aos traficantes judeus.

— Como é triste a minha vida — murmurou, lastimando-se da sorte. — Bem adverso foi para mim o destino! Trabalho como um escravo sem parar até o cair da noite, e mal ganho num dia o que já devo pelo sustento da véspera. Que pode valer, afinal, ao homem ser justo, diligente e honrado, quando não consegue vencer a fatalidade e sair da miséria em que se arrasta? Enquanto os mais felizes vivem na opulência, ostentando um luxo exagerado, outros, como se merecessem tal castigo, sofrem a tortura da fome e os espantosos suplícios da pobreza! As boas obras terão um benefício dez vezes maior!... São promessas vãs do Alcorão. Que faço senão praticar as boas obras e os deveres impostos aos muçulmanos sinceros? Jamais deixo de atender ao chamado do muezim para as cinco preces do dia; auxilio os pobres; leio com fervor o *Fatihah*[3], já beijei duas vezes a Santa Kaaba de Meca e ninguém melhor do que eu sabe respeitar

---

[1] Casebre.
[2] Espécie de leito.
[3] Primeiro capítulo do Alcorão.

o jejum sagrado de Ramadã! Que tenho, afinal, lucrado com esses atos de caridade e de fé? Nada. A pobreza, como um camelo que descansa, deitou-se à porta desta *kuba* e a fome...

Nesse momento sentiu Mustakin que alguém muito de leve, com as pontas dos dedos, lhe tocara no ombro. Voltou-se rápido e viu de pé, a seu lado, um ancião desconhecido que, pelo trajar bem-posto, parecia pessoa de alto lustre e distinção. O estranho visitante atravessou, com certeza, sem ser notado, o pátio deserto e entrou silencioso no quarto, pela porta lateral.

Ergueu-se o pobre Mustakin, surpreendido com a presença daquele xeque de aspecto venerável, que o fitava com um sorriso bondoso e leal.

— Quem sois? — perguntou, com um espanto que não sabia disfarçar. — Que desejais de mim? Por que conduziu Alá os vossos passos até a minha pobre *kuba*?

— Logo saberás — acudiu com severidade o desconhecido. — Levado por uma indicação errada, entrei, há pouco, neste pátio e, sem querer, vim ter aqui à porta do teu quarto. Tão absorto estavas em contar o teu pecúlio que não notaste a minha chegada. Ouvi, portanto, as palavras injustas de revolta que acabaste de proferir. Como pode um servo de Alá blasfemar dessa forma contra as contingências da vida? Não sabes, então, ó infeliz!, que Deus é justo e clemente? Cada um de nós tem o destino que merece. Diz o Alcorão, o Livro de Alá:

"As recompensas serão proporcionais aos méritos. Deus aprecia e julga todas as obras!"

E diante do infinito assombro de Mustakin, o velho xeque continuou, solene:

— Escuta, ó muçulmano! Pela vontade do Altíssimo estudei as ciências ocultas, a misteriosa astrologia e todos os segredos da alquimia. Conheço as pedras mágicas, os filtros maravilhosos e as pedras cabalísticas com que obtemos o auxílio dos gênios que povoam o mundo. Queres verificar se és, realmente, um homem justo e sincero? Toma esta bolsa. Ela poderá proporcionar àquele que for bom e puro uma riqueza incalculável.

Mustakin tomou nas mãos a bolsa que o misterioso personagem lhe oferecia. Era uma bolsa escura, de couro liso, como as que usavam os arrogantes recebedores de impostos.

— Essa bolsa — esclareceu o mago — parece vulgar e inútil, mas é maravilhosa e encantada. Toda vez que praticares um ato bom e louvável, aparecerá dentro dela uma moeda de ouro. Se a tua vida, como há pouco afirmaste, é um rosário de virtudes, poderás ao fim de pouco tempo possuir uma riqueza que excederá aos tesouros do sultão! Que Alá, o Exaltado, não te abandone, ó Mustakin! *Alahur akbar!*

E depois de proferir tais palavras, o singular visitante, envolto numa capa cinzenta que chegava ao chão, saiu da *kuba,* atravessou lentamente o pátio e desapareceu na rua escura.

O pasmado Mustakin, que jamais conhecera os famosos cultores da magia, ficou imóvel no meio da *kuba,* com a bolsa na mão, sem saber como julgar aquele estranho sucesso.

"Verificarei amanhã", pensou, "se esta história de encantamento não passa de um simples gracejo de um xeque extravagante."

Súbito, porém, as mãos lhe tremeram; uma angústia indefinível oprimiu-lhe o peito. Ele verificara, com indizível assombro, que a bolsa trazia, por fora, em letras douradas, o seu nome "Mustakin Karuf" — acompanhado de sinais cabalísticos indecifráveis. A dúvida desapareceu dando lugar à certeza. A bolsa era encantada.

II

Mal acabara de balbuciar a prece da madrugada, saiu Mustakin, depois de uma noite de vigília, levando na cintura a bolsa com que fora presenteado pelo mago.

Formara o intuito de praticar um ato bom e digno, a fim de obter pela virtude mágica da bolsa a sedutora moeda de ouro.

Ao aproximar-se da fonte de Hajar avistou um mendigo, de horripilante aspecto, sentado na laje da rua, ocupado em limpar com uma espécie de pente um cão magríssimo que se estendia a seus pés.

— Por Alá — murmurou Mustakin, com incontida alegria. — Eis que se me depara uma ocasião magnífica para praticar o preceito da esmola!

E, aproximando-se acintosamente do mendicante, atirou-lhe todas as moedas que havia ganho, com tanto sacrifício, na véspera.

Não há palavras que possam descrever o espanto que se apoderou do andrajoso pedinte ao receber uma esmola tão vultosa.

— Que Alá vos conserve, ó generoso amigo! — exclamou, enquanto arrebanhava sofregamente os dinares espalhados pela areia. — Que o Altíssimo derrame sobre o vosso lar e sobre a vossa cabeça todos os favores do céu! Seja a paz a vossa estrada...

Sem dar atenção ao discurso com que o mendigo mal podia exprimir a gratidão, Mustakin afastou-se e discretamente abriu a bolsa. Com dolorosa surpresa verificou que se conservava vazia. Onde estaria o dinar de ouro que ali deveria se encontrar?

"A moeda de ouro não apareceu", pensou Mustakin, "e houve, bem o sei, razão para isso. O ato que acabei de praticar não foi um ato de perfeita caridade. Que fiz eu ao socorrer o mendigo? Dei-lhe algumas moedas na esperança de obter, em troca, quantia muito maior. Alá é justo e sábio, e lê no pensamento a intenção de cada um! Quem dá dez com a esperança de receber cem não pratica a caridade!"

III

Preocupado com tais pensamentos caminhava Mustakin, quando avistou uma velha que cruzava uma praça curvada ao peso de um enorme feixe de lenha. Era de causar pena o sacrifício que a infeliz fazia!

"Vou auxiliar aquela anciã", planejou Mustakin. "Tenho certeza de que irei, agora, praticar um ato de elevada piedade."

Ofereceu-se à desconhecida para transportar a pesada carga. E só deixou o feixe junto à porta do casebre em que a velha morava, muito longe da cidade, perto do rio.

E mal completara a fatigante tarefa a que ele próprio se impusera, abriu a bolsa para admirar a prometida moeda de ouro. Nada encontrou.

"E não devia ser de outra forma", pensou Mustakin, procurando analisar o auxílio que acabava de prestar. "Que fiz eu, afinal? Ajudei uma pobre velha, e essa ajuda não passou de um esforço material que para mim nada representa."

IV

Nesse instante, precisamente, ouviu Mustakin gritos aflitivos que partiam do rio. Avistou, no meio da corrente, um menino que se debatia desesperado, em grave perigo, prestes a perecer afogado. Um pensamento, mais rápido do que o simum, atravessou-lhe o espírito. Que oportunidade ótima se lhe oferecia para pôr em prática um ato de incontestável heroísmo e abnegação! Sem hesitar um segundo, atirou-se ao rio, enfrentou o perigo e com grande esforço conseguiu trazer para terra a mísera criança. Camponeses e curiosos haviam se aproximado do local. Os pais do menino, que fora arrancado à morte graças à coragem e ao heroísmo de Mustakin, choravam de satisfação. "Esse homem é um santo!", afirmava a velha do feixe de lenha. E de todas as bocas saíram, dirigidas ao abnegado salvador, palavras sinceras de louvor e gratidão. "Era um bravo, capaz de arriscar a vida naquele trecho impetuoso da corrente, onde o rio, em avalanche com arabescos de espumas, escrevia ameaças de morte sobre as ondas."

Ao ambicioso Mustakin eram, entretanto, indiferentes os elogios com que todos lhe exaltavam o belo feito. Preocupava-o, como sempre, a preciosa moeda que devia estar a rebrilhar no fundo da bolsa encantada. Uma só? Não. Muitas! A proeza do rio merecia um punhado de ouro. Alá é generoso; a bondade de Alá não tem limites nem no impossível!

Afastou-se estouvadamente, como um ébrio, das pessoas que o cercavam, repeliu os que o queriam seguir por curiosidade, e, longe dos olhares indiscretos, abriu a sedutora bolsa do velho feiticeiro.

Que dolorosa desilusão para seus olhos ávidos! A bolsa continuava como sempre vazia, vazia e inútil, inútil como um punhado de areia no meio do deserto!

— Já compreendi a verdade — murmurou o desolado Mustakin. — Louvado seja Alá que me abriu os olhos para a realidade da vida! Esta bolsa encantada jamais poderá ter dádivas para mim. Não sei praticar o bem senão movido pelo interesse do ouro. E essa preocupação da paga que me deve tocar anula por completo o mérito de qualquer ação piedosa que eu venha a praticar. O homem justo pratica o bem sem olhar para a recompensa. Aquele que tem bons sentimentos auxilia seus irmãos desinteressadamente. A mácula da ambição jamais sairá de minha consciência, e esta bolsa enquanto estiver comigo permanecerá vazia.

Que fez, então, Mustakin?

Tomou uma resolução extrema, capaz de surpreender o mais impassível faquir da Índia.

Vou contar:

25ª Narrativa

*Continuação da história da "Bolsa Encantada".
Na qual um mendigo compra a liberdade
de vários escravos cristãos.
Das Mil histórias sem fim é esta a vigésima quinta!
Lida a vigésima quinta restam, apenas,
novecentas e setenta e cinco...*

Convencido, afinal, de que a bolsa possuidora da mágica virtude da recompensa de nada lhe poderia servir, resolveu Mustakin desfazer-se dela.

Para tanto, sem perda de tempo, tratou de escondê-la sob uma pedra e, antes que alguém o observasse, afastou-se a passos rápidos. Achava-se a caminhar à toa junto a uma das famosas portas de Basra. Um escravo cristão, a cantar descuidado, retirava água do fundo de um poço.

Depois de beber avidamente a linfa que o servo lhe despejara na concha da mão, ficou em silêncio, sem saber que resolução deveria tomar.

— Se tens fome — ousou o escravo, vendo-o indeciso —, vem comigo. Não será difícil obter com algum de meus companheiros um pouco de alimento.

— Meu amigo — retorquiu Mustakin —, agradeço a tua bondosa lembrança, mas não sinto disposição para comer.

E de repente, num gesto de louco, segurou o escravo pelo braço e disse-lhe, com voz surda:

— Escuta! Bem vejo que és bom e quero recompensar-te. Debaixo daquela pedra, junto da árvore, está uma bolsa encantada. É provável que não contenha dinheiro, e certamente está vazia! Essa bolsa poderá proporcionar a quem a possuir riquezas incalculáveis. Guardarás, cristão, um utensílio que em minhas mãos nada poderá valer!

E fugiu, quase a correr pela estrada, como se um inimigo execrável o perseguisse impiedoso.

No dia seguinte, pela manhã, preparava-se Mustakin para deixar a *kuba* em busca de trabalho, quando o pátio de sua casa foi invadido por um grupo de homens armados.

Eram guardas e auxiliares do cádi Mah Hassan El-Rabhul, que exercia o prestigioso cargo de governador de Bássora.

— Procuram alguém?

— É a ti mesmo que procuramos, Mustakin — respondeu

o chefe dos guardas. — Temos ordem urgente do cádi e vamos levar-te ao palácio.

Menos assustado do que surpreso ficou o infeliz Mustakin. Que nova desgraça seria aquela?

— Estou inocente! — murmurava, cheio de angústia. — Nada fiz para merecer castigo!

O palácio do cádi achava-se repleto de juízes e de altos funcionários do governo. A notícia da prisão de Mustakin despertara grande interesse.

O governador de Bássora interrogou o preso.

— A acusação que pesa sobre teus ombros, Mustakin — começou o cádi —, é grave, é talvez de provações; a *kuba* em que dormes é um verdadeiro antro. E, no entanto, tiveste a coragem de oferecer ontem, a um escravo cristão, em troca de um pouco d'água, uma bolsa com cem dinares de ouro?

Mustakin, ao ouvir a inesperada declaração do cádi, esbugalhou os olhos assombrado:

— Não se compreende — continuou o governador — que um homem rude, pobre, andrajoso, possa dar a um simples escravo um presente que só os haveres de um califa atingiriam! Bem sei que amanhã é um dia festivo para a cristandade. Os cristãos comemoram o nascimento de Isa,[1] filho de Maria, sobre Ele a oração e a glória! Não posso acreditar que um muçulmano passe a mais miserável existência economizando um pecúlio destinado a proporcionar um Natal festivo aos escravos cristãos. Quero, portanto, saber qual a origem desse ouro. Se

---

[1] É esse o nome que os árabes dão a Jesus. (B. A. B.)

ocultares a verdade, ó Mustakin!, serás severamente castigado e não asseguro que mantenhas a cabeça entre os ombros depois dessa punição.

Ao ouvir tão grave ameaça, Mustakin, num depoimento sincero, narrou ao governador tudo que lhe ocorrera desde o aparecimento do misterioso mago em sua casa até o seu encontro com o escravo cristão, e o oferecimento que fez da bolsa vazia.

— É singular essa história! — observou o cádi. — A verdade é a seguinte: o escravo cristão indo, por indicação tua, procurar a bolsa encantada, achou-a, não vazia como pensavas, mas repleta de moedas de ouro. Com esse dinheiro comprou a própria liberdade e deu também liberdade a muitos outros escravos cristãos!

E voltando-se para os ricos cortesões que o rodeavam, perguntou-lhes:

— Quem seria capaz de explicar tão estranho sucesso?

Um xeque, presente à estranha narrativa, inclinou-se respeitoso diante do cádi, e assim falou:

— Creio poder facilmente explicar-vos o suposto mistério da bolsa encantada, ó cádi!

Todos os olhares convergiam sobre o muçulmano que assim falara. Mustakin ficou pálido de espanto ao reconhecer no xeque o mago que lhe dera a bolsa encantada.

— Cádi! — gritou. — Esse homem é o sábio alquimista de que vos falei!

Um silêncio impressionante acompanhou a inesperada declaração de Mustakin.

Fitavam todos o nobre, o qual permanecia imóvel, a cabeça inclinada sobre o peito, os braços firmemente cruzados, numa atitude severa.

— Fala! — ordenou o cádi, dirigindo-se ao mago. — Por que misterioso poder veio a bolsa encantada chegar-te às mãos?

Interrogado dessa forma pelo digno magistrado, o misterioso personagem, depois de correr o olhar pelos que se achavam presentes, assim falou com voz pausada e grave:

— Chamo-me Abi-Osaibi e exerço a nobre profissão de alquimista. Sei preparar remédios, filtros, xaropes e vinhos deliciosos. Muito moço ainda deixei esta bela cidade e, associando-me a dois aventureiros atenienses, fui tentar a vida no Egito. Consegui, trabalhando sem descansar, durante trinta anos, reunir apreciável pecúlio. O destino escrevera a palavra "riqueza" no livro de minha vida, assim quis Alá, louvado seja o Onipotente! Ao me sentir velho e fatigado, e possuindo recursos que me permitiriam viver tranquilamente o resto da vida, resolvi voltar a Basra a fim de rever meus antigos companheiros de mocidade. Onde estariam eles? Muitos, de certo, já teriam visto a face rebrilhante de Azrail, o Anjo da Eterna Separação.[2]

"O primeiro conhecido que encontrei foi o mísero Mustakin. Reconheci-o logo apesar de envelhecido e pobre. Acompanhei-o, sem que ele o percebesse. Entrei na *kuba*

---

[2] Azrail é o Anjo da Morte, isto é, aquele cuja missão é conduzir a alma dos que deixam a vida terrena. E só aos que morrem é permitida a glória de ver a face de Azrail. (B. A. B.)

sórdida em que ele vive, e bem oculto pude ouvir as palavras de desespero e revolta que proferiu. Ao aparecer, de repente, fiz-me passar por um mágico. Ofereci-lhe uma bolsa que trouxera com a intenção de presenteá-lo. Inventei a lenda da bolsa encantada e rejubilei-me ao notar que ele havia acreditado em mim. Aquela aventura teria, certamente, desfecho curioso e iria constituir enredo para uma nova história. Sempre apreciei preparar surpresas e agradáveis imprevistos para os meus amigos. No dia seguinte, que foi ontem, não perdi Mustakin de vista. Segui-o, como uma sombra, por toda parte. Apreciei todas as tentativas feitas por ele para se assegurar do poder mágico da bolsa. Não errei ao admitir que ele acabaria por se desiludir, pois as prometidas e ambicionadas moedas de ouro, por mais que ele fizesse, não apareciam, a brilhar, na bolsa que eu lhe dera. Ao vê-lo, afinal, ocultar a bolsa sob uma pedra resolvi, mais uma vez, surpreendê-lo. 'Ele virá buscá-la dentro em breve', pensei. Fui, portanto, ao esconderijo e coloquei discretamente, dentro da bolsa, cinquenta dinares em ouro. Foi esse o dinheiro que o escravo cristão, momentos depois, encontrou. E assim, ó cádi!, fica explicado o episódio da bolsa mágica e a origem das moedas que tanto alvoroço causaram nesta cidade!

— Por Alá — exclamou, com entusiasmo, o chefe do tribunal. — O enigma que envolvia o caso da bolsa mágica está completamente elucidado. Os pontos obscurecidos pela dúvida foram esclarecidos pela verdade dos depoimentos. Resultou tudo de uma trama bem arquitetada, mas que teve um desfecho inesperado para seu autor.

E voltando-se para Mustakin, proferiu com ênfase a seguinte sentença:

— Estás livre, ó irmão dos árabes! A grave acusação que pesava sobre ti desapareceu, sem deixar vestígios ou nódoas, depois das declarações da principal testemunha. A tua pessoa não mais interessa à justiça. Podes partir!

— Perdão! — interveio respeitosamente o douto alquimista. — Penso que o Sr. Cádi não deve conceder a liberdade a Mustakin antes que este modesto carregador da feira receba uma indenização pelos sustos que sofreu ao ser acusado e preso. A indenização será paga por mim, pois em grande parte cabe-me a culpa do sucesso. Duas recompensas proporcionarei a Mustakin. Receberá uma bolsa com duzentos dinares e ouvirá, de mim, o relato completo da trágica aventura da "mão cortada". Sei que ele se interessa por essa história, pois sua filha e sua esposa foram sem querer envolvidas nesse terrível drama.

E o rico alquimista entregou a Mustakin uma bolsa que continha duas centenas de moedas de ouro.

Com lágrimas nos olhos agradeceu Mustakin aquele generoso auxílio e, com voz recortada pela emoção, implorou:

— Quero ouvir, agora, ó ilustre cádi!, o drama da "mão cortada". É bem possível que a narrativa desse episódio venha esclarecer vários e dolorosos mistérios que envolvem oito ou nove famílias de alto prestígio!

— Deve ser muito singular essa história — observou, muito sério, o digno magistrado. — É bem possível que ela esteja ligada a mais de um inquérito promovido por este tribunal.

— E, voltando-se para o alquimista, ordenou: — Vais contar, ó egípcio, o drama da "mão cortada". Tem a justiça o maior interesse em conhecer esse caso.

O estranho muçulmano inclinou-se respeitoso diante do juiz, e assim começou...

(VER O SEGUNDO VOLUME)

Nota

O presente volume contém apenas vinte e cinco narrativas das Mil histórias sem fim.

Na impossibilidade de adaptá-los convenientemente ao nosso idioma, conservamos neste livro, para alguns nomes próprios, a ortografia primitiva.

Este livro foi composto na tipografia Bembo Std,
em corpo 11,5/16, e impresso em papel off-white no
Sistema Digital Instant Duplex da Divisão
Gráfica da Distribuidora Record.